好故事伴成长

杜保东 ◎ 主编

开发学生
想象力的50个寓言故事

天津出版传媒集团

天津科学技术出版社

图书在版编目（CIP）数据

好故事伴成长开发学生想象力的50个寓言故事 /
杜保东主编. — 天津：天津科学技术出版社，2012.1（2021.6重印）

（智慧少年书系）

ISBN 978-7-5308-6736-5

Ⅰ.①好… Ⅱ.①杜… Ⅲ.①寓言—作品集—世界
Ⅳ.①I17

中国版本图书馆CIP数据核字（2011）第271035号

智慧少年书系——好故事伴成长开发学生想象力的50个寓言故事
ZHIHUI SHAONIAN SHUXI——HAO GUSHI BAN CHENGZHANG KAIFA XUESHENG XIANGXIANGLI
DE 50 GE YUYAN GUSHI

责任编辑：杜宇琪

责任印制：刘 彤

出　　版：	天津出版传媒集团
	天津科学技术出版社
地　　址：	天津市西康路35号
邮　　编：	300051
电　　话：	（022）23332399
网　　址：	www.tjkjcbs.com.cn
发　　行：	新华书店经销
印　　刷：	永清县晔盛亚胶印有限公司

开本 690×940　1/16　印张 10　字数 200 000
2021年6月第1版第5次印刷
定价：35.00元

#

　　寓言故事篇幅短小,内容诙谐有趣,主角形象栩栩如生,它以动物之间的趣闻妙谈,揭示了人类的真善美、假恶丑。

　　寓言是一架奇特的桥梁,走过它,可以从复杂走向简单,又可以从单一走向丰富。在这架桥上来回走上几趟,我们既看到五光十色的生活现象,又发现了生活的内在意义。

　　寓言的内涵是无法一次挖掘殆尽的,我们在这里精心挑选了50个寓言,编成《好故事伴成长开发学生想象力的50个寓言故事》,从学生的角度出发,用精辟简练的语言总结出了其中的寓意,希望它能给读者们带来快乐和智慧。寓言故事的前面,还配有一幅多格漫画,它表现的是与主题故事寓意相同的另一个故事,目的在于从多个角度表达主题寓意,使读者理解得更深刻。

　　此书最独特的一点,是编者在点出故事寓意的同时还有一个做一做栏目。它围绕故事的主题,告诉读者在实际生活和学习中,具体该做些什么,应该怎样做,有什么是需要改正的,有什么是应该发扬的。

　　愿这些童趣十足的寓言故事成为读者们课余的精致小点心,让这些精神食粮填充课本以外的知识空间,陪你度过快乐的休闲时光。

编者

#

1　谁的能量大
　　——温和胜于暴力 1
2　亡羊补牢
　　——有错及时改 4
3　狮子洞口的脚印
　　——细心带来好处 7
4　楚人过河
　　——计划要跟上变化 10
5　倒霉的磨房主
　　——居安思危，有备无患 13
6　杜鹃的"预言"
　　——寻找自身的原因 16
7　塞翁失马
　　——用积极的心态面对人生 19
8　两只老鼠
　　——不必掩盖无知 22
9　贪心的狗
　　——贪心的结果是一无所获 25
10　骄傲的蚂蚁
　　——理智地认识自己 28
11　蚊子和狮子
　　——世上没有绝对的强者 31
12　滥竽充数
　　——投机取巧不是长久之计 34
13　蚯蚓筑新家
　　——意志坚韧万事成 37
14　狒狒的雨伞
　　——做事要有长远的眼光 40

智慧少年

15 鸭姐妹
　　——创新才有出路　　43
16 守株待兔
　　——不劳而获是妄想　　46
17 讳疾忌医
　　——听取劝告　　49
18 马和驴子
　　——损人就是损己　　52
19 不同的命运
　　——各司其职，知足常乐　　55
20 八哥的金笛
　　——敢于面对自身缺点　　58
21 惊弓之鸟
　　——心里坦荡才无忧　　61
22 黄青蛙的下场
　　——懒惰是成功的绊脚石　　64
23 穷和尚和富和尚
　　——把握现在才能成就未来　　67
24 狐假虎威
　　——认清事实的真实面貌　　70
25 画蛇添足
　　——凡事不可过度　　73
26 胡桃的阴谋
　　——不可滥用同情心　　76
27 南辕北辙
　　——行动与目标一致　　79
28 得意忘形的青蛙
　　——不要沉浸在赞美中　　82
29 众鸟选王
　　——美丽不等于实用　　85
30 丢了尾巴的狐狸
　　——保持清醒的头脑　　88
31 乌鸦学唱歌
　　——虚心求教学知识　　91
32 树林和篝火
　　——慎重选择朋友　　94

33	自作聪明的云雀	
	——遵循事物的规律	97
34	猪的标准	
	——需要的才是最好的	100
35	鸟类、兽类和蝙蝠	
	——坚持自己的立场	103
36	美丽的羽毛	
	——得意忘形终害己	106
37	愤怒的狮子	
	——行事之前先调查	109
38	挑拨离间的猫	
	——不受他人挑拨	112
39	野兔与山鸠	
	——不盲目自大	115
40	乌龟训子	
	——听大人的劝告	118
41	吃不着的葡萄是酸的	
	——妒忌是做错事的"种子"	121
42	掩耳盗铃	
	——谎言总会被揭穿	124
43	两只山羊	
	——谦让美德人人赞	127
44	目光短浅的青蛙	
	——真诚与人交往	130
45	狮子出征	
	——分工合作力量大	133
46	蜗牛与青蛙	
	——发现自己的优点	136
47	郑人买履	
	——从实际出发解决问题	139
48	邯郸学步	
	——刻意模仿成笑谈	142
49	得饶人处且饶人	
	——宽容他人己受益	145
50	狮子和野狗	
	——面对威胁多个心眼	148

谁的能量大
——温和胜于暴力

好故事伴成长开发学生想象力的50个寓言故事

寓言故事

一天，北风与太阳争论起来了，它们都认为自己的能量大，太阳说："万物生长都需要我，我是宇宙的中心，我的能量无人能敌！"北风也不甘示弱，反驳道："我所到之处声势浩大，人们见到我都避之不及，我还能发电……"它们两个争论不休，最后，它们看下面有一个行人，于是决定要比一比，看谁能让行人脱下衣服那么谁就是力量最强大的。

北风憋足了一口气，猛烈地刮，路边的树木左右摇摆，灰尘满天，那个行人扣紧衣服，急速地奔走起来。

北风见此，它认为自己还没有使出全部的力量，于是，它刮得更猛了。行人紧扣着的衣服又被掀起来了。他冷得瑟瑟发抖，连忙把衣服裹得紧紧的。北风使出浑身解数，行人不但没有脱掉衣服，反而戴上了遮风的帽子。

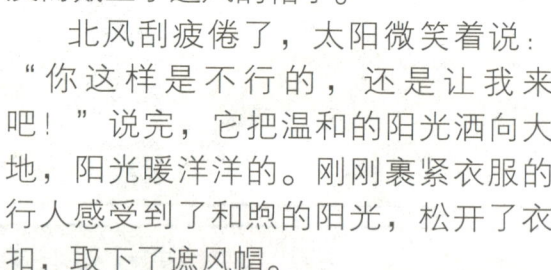

北风刮疲倦了，太阳微笑着说："你这样是不行的，还是让我来吧！"说完，它把温和的阳光洒向大地，阳光暖洋洋的。刚刚裹紧衣服的行人感受到了和煦的阳光，松开了衣扣，取下了遮风帽。

太阳接着把温暖的阳光射向大地，在这样大好的天气里走路，行人渐渐觉得热，最后汗流浃背。行人想：这么温和的天气，还不如把衣服脱了，就不会热得难受了，走起路来也会轻松许多，还可以直接享受太阳的温暖，那该多好啊。这样想着，他索性脱下了衣服。

小博士讲道理

力量的表现方式有多种，水滴也能穿石。尽量用缓和的方式去解决问题，不要动不动就向同学挥起你的小拳头，说话也不要老是横横的。有时，温柔比粗暴更有力量。这需要我们在生活中好好地体会和把握。

1. 不要用武力解决问题。学校不是武场，不是凭拳头打天下的。今天你骂他一句，明天他找人打你一顿，后天你再找一群人打他一顿，最后的结果呢？两人不但受到批评，还住进了医院。

2. 知识就是力量。和同学发生冲突时，拳头只会让对方暂时让步，但是冲突会越来越大。而用讲道理的方式，对方则很容易接受。

3. 向对方说"对不起"。如果你做错了，不要让错误继续下去，一句"对不起"会消散对方心中的怒气，使你们重新成为朋友。

亡羊补牢
——有错及时改

寓言故事

古时候，有一个人养了一圈羊。一天早上，他出去放羊，发现羊少了一只，仔细一看，原来羊圈破了个大洞，夜里狼从破洞钻近来，把羊叼走了。

邻居知道了这件事，就来劝告他说："赶紧把羊圈修一修吧，填上这个大洞，不然狼还会来叼羊的。"他却说："羊已经被叼走了，还修羊圈干什么呢？"

第二天早晨，他又去放羊，发现羊又少了一只。原来在昨天夜里，狼又从那个洞里钻进来把羊叼走了。他这时才突然明白，觉得邻居的话是有道理的，后悔自己不该不接受邻居的劝告。

牧羊人立刻动手，将那个洞堵上，又仔细地全面检查了一下，将羊圈修得结结实实。

从此，他的羊就再也没有少过，他见了邻居连忙表示歉意说："是我错了，要是我早听你的劝告，就不会再丢一只羊了。"

邻居说："你这样做就对了。当你发现丢了羊时，立刻将羊圈修好还不算晚啊！"

好故事伴成长开发学生想象力的50个寓言故事

小博士讲道理

这个故事中牧羊人的做法告诉我们：发现自己有错误，就要及时地总结教训，改正错误，这样就可以避免再犯同样的错误，减少没有必要的损失。

当我们做错时：

1. 认识错误，分析后果。无论错误是大是小，都会带来伤害或损失，不要以为回避错误就会万事大吉，错误发生后要正确认识到它的后果，越早越及时地认识到错误，越能尽可能地挽回损失。

2. 勇敢承担错误。犯了错误并认识到后果后，要真诚地向别人道歉，说声"对不起"。如果你和同学吵架了，现在还没和好，就赶快去向对方说声"对不起"吧，相信你的同学也正想着如何向你道歉呢。

3. 诚恳接受批评。对自己犯的错误要有清醒的认识，敢作敢当，有勇气承担责任。当你贪玩而迟到时，你影响了自己的学习，也影响了老师的正常讲课秩序。当老师批评你时，你要认识到自己错在哪里，并保证不再犯这样的错。

3 狮子洞口的脚印
——细心带来好处

好故事伴成长开发学生想象力的50个寓言故事

寓言故事

百兽之王狮子也有风光不再的时候。年龄增大导致他身体虚弱,只走几步路,脚就会发软,更别说捕获猎物了。于是它开始招摇撞骗,它谎称自己吃错了东西肚子疼,这样动物们就不会怀疑它已经老得不能动了。它传告它的臣民:"各类禽兽都要在不同的时间派遣使者前来探病,如果不来探望,就要给予严厉的制裁。"

迫于狮子的淫威,怕它病好了之后报复,动物们只好乖乖地听令。最早去探望的是担任传令兵四处宣传的斑马。接着是黑斑羚,其次是疣猪,然后是牛羚,它们都照着狮子的规定,一一前去探望狮子。

其他的动物更没有违逆狮子的勇气,于是,它们每隔三天就互相商量由谁去探望,轮到自己时,谁都好像理所当然似的前往狮子的洞里探视。但是它们谁也无暇顾及这些去探望狮子的动物的下落。

不多久就轮到狐狸了,它按时来到狮子那里,但只是远远地站在洞外,然后很恭敬地问狮子身体如何。

狮子说:"我没有什么事,但你为什么老站在外面啊?请进来和我聊一聊吧。"

狐狸回答说:"可以啊,不过您能不能先告诉我这里所有的足迹为什么只有进洞的,却没有一个是出洞的呢?"

小博士讲道理

细心的人总能小心地躲过一些不易被人发现的危险,能看见或者观察到别人忽略的东西,所以他们也就能更好地保护自己。你在生活、学习中是否细心呢?是否发现了别人没有觉察到的东西呢?让自己做个细心的人,你才能发现细微点滴之处,并体味到它给自己带来的好处。

1. 仔细观察。只有认真仔细地观察,才会发现事物中的细节。医生给病人看病就是最明显的例子。我们在生活中也要像医生对待病人一样,仔细观察,"处处留心皆学问",细心总是会给自己带来很多惊喜的。

2. 认真对待每一个细微之处。平时你感觉你们的学习成绩一样,他会做的题你也会,但为什么他总是能考出好成绩呢?那就是细心。在一些细节上,你的粗心会造成很严重的后果。

3. 作业中,不要依赖橡皮。橡皮是造成粗心的一个根源,反正错了可以擦,于是错了擦,擦了错,习以为常,就不在乎了。没有橡皮,错了不能擦,你就会认真一点。"三思而后行",想好了再做,争取一次做对。

4. 做完事情学会自检。凡事不要依赖父母和老师的检查,自己多检查几次,就能认识到自己的粗心造成了什么样的错误。以后做事情或者做作业就会认真了。

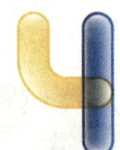
楚人过河
——计划要跟上变化

寓言故事

战国时,楚国的国君非常有野心,无时无刻不在想着如何能够统一天下,争取更多的疆土。

当时,楚国的势力很强大,国君好战,经常去攻取他国的城池。由于别的国家军队和国力都不如楚国,只好忍气吞声,对这种行为无可奈何。

一天,楚王又下令:即日挑选精兵良将袭击宋国。但是去宋国要经过一条很宽很深的大河,楚王事先派人去测量河水的深浅,然后在测量器上做好标记。但偷袭那天很不巧,河水突然大涨,楚国人不知道河水已经涨了,依旧按原来测量的标记在深夜里偷渡。结果淹死了一千多人,楚军万分惊恐。

原来测量时是可以渡过去的,但是现在河水已经上涨了,而楚国人还是按照旧的标记渡河,因此蒙受了很大的损失。

好故事伴成长开发学生想象力的50个寓言故事

小博士讲道理

河水已经涨了，就不能按照原来的标记渡河了。楚国人的失败告诉我们：世界上的一切事物都在运动变化之中，人们的思想也应该根据具体的情况，做出相应的调整。如果老是停留在一点上，致使头脑僵化，那就会碰钉子。

1. 按照自己的实际情况，制订一份时间表。制订计划要注意留出机动时间，以应对出现的意外状况。

2. 用不同的思考方式解决问题。当你用这种方式解决了一道难题时，不要以为这种方式就是万能的。遇到下一个问题，如果这种方式解决不了，就再换种方式，只以一种方式钻牛角尖的结果往往是徒劳。

3. 不以以前的经历来衡量现在的事情。前天放学时，你在路口买了一个小水壶，可过了几天你再去买时，可能就没有卖了。

4. 随时做好改变的准备。在做计划时，就要做好有变化的准备。

倒霉的磨房主
—— 居安思危,有备无患

好故事伴成长开发学生想象力的50个寓言故事

寓言故事

磨坊主的堤坝渗水,如果一开始他就把漏洞堵住,那么就不会造成什么大问题。但磨坊主一点儿也不着急。

于是水越渗越厉害,简直像一条潺潺的小溪。邻居们劝说磨坊主:"喂,朋友,赶快把堤坝修修吧,可别麻痹大意,晚了就来不及了!"

磨坊主却说:"没关系,我的磨坊耗水并不多,现有的水我用一辈子也绰绰有余。"他高枕无忧,这时漏水已如决堤。磨盘停止了转动。磨坊主这才醒悟过来,唉声叹气地想怎样才能保住水力。他站在堤坝旁观察怎样能够弥补漏洞,却发现有几只母鸡到这儿来饮水。

"坏蛋,头上长着冠子的蠢货!"他嚷道,"我已经不知道从哪儿去弄水了,你们还在这儿尽情地饮。"

说罢他抓起一根劈柴,朝母鸡掷去。结果磨坊主既没弄到水,还失去了母鸡,只好垂头丧气地回家去了。

小博士讲道理

磨房主太自负了,以为自己的磨房不会出现问题,不听别人的劝告,结果只能遭受惩罚。这个故事告诉我们:我们时刻都要提醒自己,要有忧患意识,"居安思危"才能避免隐藏的问题发生。对于一些小问题,我们要看到其背后的巨大隐患,这样才能防患于未然。

1. 每个人都会向优秀的同学看齐,如果你语文成绩考了第一,第二名、第三名的同学都会向你看齐,你应该向谁看齐呢?他们会努力学习,争取当第一名。这时的你不但不能骄傲,还要更加努力学习,争取下次还能保持第一。要知道"在知识的海洋中不进则退",如果你停滞不前,别人前进,那么你就是退后了。

2. "人无完人",当别人都夸赞你是个乖巧的好孩子时,你要想一想自己在哪方面还做得不够好。比如有一次不听奶奶的话惹奶奶生气了,你没有向奶奶道歉。只有多考虑自己的过失,及时改正,才能成为一个真正优秀的人。

3. "书到用时方恨少",平时要注意积累知识。除了课本的知识要掌握牢固以外,还要多看课外书,写读书笔记,记下书中优美的句子、自己的感受等。

杜鹃的"预言"
——寻找自身的原因

寓言故事

狼要搬家了,特地向杜鹃告别。

狼说道:"再见了,我的朋友。我原本贪图这里安静,可后来知道全不是这么回事。这里无论是人,还是狗,一个更比一个恶毒,即使善良得好像天使,也免不了和他们打架。"

杜鹃问道:"那么,你要去的地方远吗?那里的居民真的愿意和你相处吗?"

狼兴奋地回答:"啊,我要去一个世外桃源。那里从来没有发生过战争,居民个个温顺,彬彬有礼,大伙亲如兄弟。据说那里的狗既不叫,也不咬人。我会在那里开始新的生活。不像在这里,白天我总得躲躲闪闪,晚上睡觉也睡不安稳。"

杜鹃说:"噢,朋友,祝你一路顺风。但不知你如何处理你的本性和牙齿呢?是把它们留在这里,还是随身带去呢?"

"什么话?当然要随身带着啦!"

"那么请记住我的话:那里的人终究会扒下你的皮。"

遇到问题时,我们可不能像狼那样,总是找别人的原因,而要先从自己身上找原因。

1. 埋怨他人的时候,先想想自己有没有错。我们经常看到这样的情景:两位同学打架时,老师问怎么回事,两位同学都会大声地为自己辩解。其实同学们想一想,如果其中的一个人讲道理,这场架能打起来吗?

2. 同学们不和你交往时,你要想一想自己的缺点和平时的表现,是不是太高傲自满,是不是从来不主动和别人打招呼,

好故事伴成长开发学生想象力的50个寓言故事

是不是在背后说同学坏话……当你把这些缺点改正了,同学们自然就和你交往了。

3. 失败时,不要把责任推到别人身上。尤其是在团体比赛中,比如在篮球赛上,你们班输了,千万不要责怪某一个人,而要从团体的角度分析每个人的功与过,总结失败的原因,争取下一次取胜。

4. 发现了自身的缺失后,要想办法改过和弥补。当你借了同桌的橡皮,用了三天后,一整块橡皮都快用完了,才还给同桌。第二天,你又去借同桌的胶水,同桌不借给你时,你就说同桌小气。其实你应该想想不借给你的原因。这时,如果你买一块新橡皮向同桌道歉,那样,以后同桌肯定还会和以前一样,把你当好朋友看待。

小博士讲道理

狼觉得此处不适合居住,想选择新的居住地,却忽略了环境残酷的真正原因正在于它自身,正是它的"本性和牙齿"让它不得安宁。有时候我们总在埋怨这个,埋怨那个,"同桌的小明老喜欢跟我打架","明明是小明犯的错,老师却只说我"……想想这些事情背后的原因吧,可能症结就在你自己身上哦!

7 塞翁失马
——用积极的心态面对人生

好故事伴成长开发学生想象力的50个寓言故事

寓言故事

古时候，有个地方叫塞上，这个地方离匈奴很近。在离塞上不远的地方，住着一个爱好养马的人，人们都称他为塞翁。

有一天，塞翁的马忽然逃到塞外去了，邻人们都替他惋惜。

塞翁却说："跑丢了马这件事，看似是坏事，怎知道这不会成为一件好事呢？"邻人们听了都觉得塞翁为人很豁达。

过了几个月，那匹马又跑回来了，并且还带来了一匹匈奴的骏马。邻人们知道了这个消息，又都来庆贺。

塞翁并没有表现出特别高兴的神情，他反而说："多得了一匹马，看似是好事，怎么知道这不会变成一件坏事呢？"

塞翁的儿子非常喜好骑马，但骑术却不甚高明。自从得到这匹匈奴骏马，他的心里就一直痒痒的，总想骑着马去兜风。一天，他实在按捺不住好奇心，就背着父亲去骑这匹马。这下可闯出祸来了——他坠马摔断了腿。邻人们都来慰问。塞翁并没有感到特别伤感，又说："我儿子摔断了腿，看似是坏事，这未必就是一件坏事。"邻人们都感到不甚理解。

过了一年，匈奴兵大举入侵，附近的青壮年几乎都被官府抓去当兵，而且大多都在战争中牺牲了。塞翁的儿子却因为跛脚未能出征，和父亲一起保全了性命。

小博士讲道理

世界上没有绝对的好事,也没有绝对的坏事。试卷上红海一片,难堪的分数呆呆地挂在那儿,伤心是难免的,但千万别悲观,通过它你不正可以看出自己学习上的漏洞在哪儿吗?多向塞翁学习,不因得到什么而得意悠然,也不因失去什么而落魄黯然。

1. 将每一次遭遇的痛苦,化为激励自己前进的动力,成功将不再是一件遥不可及的事情。当你在跳绳比赛中落到最后一名时,你要把别人的嘲笑和自己的挫败感化为动力,多多练习就会成功。

2. 凡事向好的方面想,不要总是处于消极和后悔的情绪中。曾经有一个人在车祸中失去了左腿,当朋友们去看望他时,他却很乐观地说:"真是万幸啊,如果不是我反应快,右腿也完了。"

3. 面对困难不退缩,把它看成是对自己能力的考验。即使失败了,你也会得到更多经验,避免下次再走弯路。

两只老鼠
——不必掩盖无知

寓言故事

有两只老鼠，一只居住在图书馆里，另一只居住在粮仓里。

有一天它们两个相遇了。图书馆里的老鼠摆出一副学者的架子，傲气十足地对粮仓里的老鼠说："可怜的家伙，为了填饱肚子，你们甘愿住在干燥、憋闷的谷仓里。那里除了稻谷之外什么也没有。可想而知，只有物质满足、缺乏精神享受的生活该有多么乏味啊！而我在图书馆里是多么好啊，古今中外，经史子集，我都能见到。"

"这么说，您一定是位知识渊博的学者。"粮仓里的老鼠虔诚地说道。

"那当然，每本书中的一字一句我都要细细咀嚼，一页页装进肚子里。"

"这太好了，我正有一件事需要请您这位知识渊博的老兄帮忙。"

说完，粮仓里的老鼠把图书馆里的老鼠带到一座粮仓里，指着墙角的一个瓶子说："您认识字，请看看这标签上写的是'香麻油'还是'灭鼠药'。"

其实，图书馆里的老鼠根本不认识字，它看着标签上三个黑糊糊的大字，是"香麻油"还是"灭鼠药"呢？它发愁地思量着，就在它进退两难之时，有一股香油的味从瓶口飘出，于是，它就凭着直觉猜测道："这是香麻油。"

"真的，您看清楚了吗？"

"没错，不信，我先喝给你看。"图书馆里的老鼠为了证明自己博学多才，同时也为了一饱口福，它搬倒瓶子就喝了起来。谁知只喝了几口，它就浑身抽搐，不久，便四腿一蹬，死了。

这时，粮仓里的老鼠才知道，瓶子上写的分明是"灭鼠药"。

好故事伴成长开发学生想象力的50个寓言故事

小博士讲道理

不懂就是不懂，没有什么不好意思的，没有谁的知识是足够的，即便是爸爸、妈妈和老师，也有很多他们不知道的事呢。所以，千万不要因为好面子而弄出笑话来，如果遇到你不知道的问题，就大胆地说出来吧。

1. 看书时遇到不明白的地方就记下来，或者用笔做个记号。然后再查资料或者向爸爸妈妈请教，找到问题的答案。

2. 在课堂上如果老师讲的你没有听懂，要及时举手向老师提问，或者课下请教同学。这是很重要的，因为课本的知识是连贯的，如果你这一部分似懂非懂，那下一节课肯定就更听不懂了，那样补习起来更难。所以，课本上的知识一定要及时学会掌握。

3. 不要不懂装懂。有的同学怕别人说他笨，当别人给他讲了一遍之后，他没听明白也说明白了。其实，这样做只会害了自己。如果他给你讲不明白，可能是因为他讲解得不够清楚，你可以再去请教老师，没有哪个老师会拒绝爱提问的学生，相反，老师很喜欢不懂就问的学生。

贪心的狗
——贪心的结果是一无所获

好故事伴成长开发学生想象力的50个寓言故事

寓言故事

一只饥饿的狗无精打采地走在路上，从早晨到现在，连一点面包渣都没找到，肚子干瘪，两只耳朵也无力地耷拉着，着实可怜。

突然，有一只小狗嘴里叼着一块有肉的骨头出现在它的面前，饥饿的狗真是喜出望外，使足了劲冲着小狗狂吠，接着就恶狠狠地向小狗扑过去。小狗吓出了一身冷汗，丢下骨头仓皇逃走了。

抢到骨头的狗为了能独享美餐，决定寻找一个安全、偏僻的地方。它来到一条小河边，河水清澈透明，它禁不住小心翼翼地向河中看了一下。这一看可不得了，原来水中也有一只狗，一样叼着一块肉骨头，也在瞪着大眼睛瞧着它。

贪心的狗心想：这只狗长得傻头傻脑的，一副饿死鬼的样子，它怎么配吃这么大一块肉骨头呢？我一定要把它嘴里的那块骨头抢过来不可，那样吃起来多过瘾啊！

想着想着，它再也忍不住了，忘记了自己站在河边，嘴里正叼着骨头。它张开嘴，想故伎重演，用它的叫声吓走那只狗。不料，它还没有叫起来，嘴里的肉骨头就掉到河里去了。

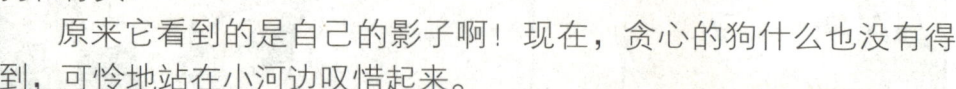

骨头掉到了水里，打碎了饿狗在水里的倒影。贪心的狗眨巴眨巴眼睛，哪里还有什么傻狗和骨头？

原来它看到的是自己的影子啊！现在，贪心的狗什么也没有得到，可怜地站在小河边叹惜起来。

小博士讲道理

你是不是在嘲笑贪心的小狗呢?"它真笨啊",你会这么说,"居然因为自己的倒影把骨头弄丢了"。亲爱的小朋友,这个故事可不单单是让你嘲笑的,现在你要想想,自己是不是也像小狗一样贪心呢?前两天爸爸刚给你买了一辆遥控汽车,今天你看见了隔壁小朋友的滚轴溜冰鞋,心中又隐隐作痒。多想想自己拥有的,不要做一个贪心的孩子哦。

1. 多想想自己所拥有的。当你看见了同学手里拿的新型汽车模型时,你肯定很想让爸爸也给你买一个,这时先冷静地想一想自己所拥有的吧。如果你已经有很多玩具,那就别向爸爸提这个要求了,那样爸爸会认为你是个贪心的孩子,以后什么都不给你买了。

2. 不要向同学提出过分的要求。同学帮你擦了桌子,就不能再让同学帮你把椅子也擦干净,过分的要求只会让同学以后不愿再帮你忙。

3. 不要抱侥幸心理,认为贪点便宜不会有事的。即使你的贪心一时没有给你带来伤害,但久而久之,贪心的蛀虫就会钻进你的心里,使你养成处处贪心的坏习惯,最终使你受到社会和法律的严惩。

10 骄傲的蚂蚁
——理智地认识自己

寓言故事

从前有只蚂蚁力大无比，一直以来蚂蚁界从来都没有像它那样的大力士。

它甚至能举起两颗硕大的麦粒！而且公认这只蚂蚁极其英勇——不论在哪里，只要一看见蠕虫便发起进攻，甚至敢于单独向蜘蛛进攻。因此它在蚂蚁王国享有很大的名声，那里对它真是有口皆碑，人人赞颂。

可是过分赞扬有害无益，这只蚂蚁并不谦虚，它专喜欢听别人赞颂它的话，而且用自己的傲慢心理来衡量这些赞扬，相信它们全都合乎实际。

终于，它被这些赞扬冲昏了头脑，竟想到城里去炫耀，想在那里显示一番自己的力量。

它得意洋洋地爬上农夫的一辆最大的干草车，风风光光地来到城里。可是它的傲气在城里却遭到了莫大的打击！它原本以为赶集的人会争先恐后地朝它围过来，哪知大家却各干各的事，根本不知道它的存在。于是蚂蚁忽而拖走一片树叶，忽而趴下，忽而立起，努力地表演，试图引起人们的注意，却仍然无人理睬。

最后，蚂蚁精疲力竭，把腿一伸躺了下来。它懊丧地对趴在主人大车旁的一条狗发牢骚："难道真的应当承认你们城里人全都不明事理，没长眼睛吗？我忙活了整整一个钟头谁也没看见，这怎么可能？要知道在我们蚂蚁王国，我可是大名鼎鼎的。"

狗连看也没看就说："那是在你们蚂蚁的王国中，你在动物王国中，力量可能是最小的吧。"

于是这只蚂蚁羞惭地回到了家中。

好故事伴成长开发学生想象力的50个寓言故事

小博士讲道理

蚂蚁不知天高地厚，以为自己已经名扬天下，殊不知它再厉害，也只是一只蚂蚁而已。在现实生活中，有些自作聪明的人就如同上文中的蚂蚁一样，自以为名扬天下，殊不知，他只是在自己的小圈子里逞强。要知道"天外有天，人外有人"。

1. 把自己的优缺点写在纸上。每个人都有优点和缺点，感觉自己优点突出的人总是很自信，而感觉自己缺点突出的人则会感到自卑。自卑的人尤其更应该多分析自己的优点。当你做完作业，静下心来时，在桌上铺开一张白纸，以自己对自己的了解，把优点、缺点写下来，这样你就会对自己有更深的认识，知道以后需要怎样去做以改正缺点。

2. 听取父母对你的评价。在生活习惯、品德方面，父母比你自己更了解你。比如卫生习惯好不好，是否诚实、懂事等。

3. 听取朋友对你的评价。在交际方面，朋友可以给你一个更加客观的评价。比如是否遵守诺言，是不是有礼貌、活泼开朗等。

4. 保持谦虚。即使你的优点很突出，你也不要整天拿着自己的优点炫耀，要知道"天外有天，人外有人"。保持谦虚能使你受到更多人的喜欢，还能学到更多的本领。

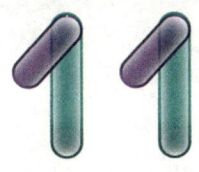

蚊子和狮子
—— 世上没有绝对的强者

好故事伴成长开发学生想象力的50个寓言故事

寓言故事

有只蚊子飞到狮子那里说："别以为你是百兽之王就很威风，我不怕你，你也并不比我强多少。你的本领能有多大？是用爪子抓，还是用牙齿咬？仅这几招，女人同男人打架时也会用。可我却比你厉害得多。你不妨和我比试比试。"

说完蚊子吹着喇叭，向狮子猛冲过去，专咬狮子鼻子周围没有毛的地方。狮子气得用爪子把自己的脸都抓破了，最后终于要求停战。

蚊子战胜了狮子，吹着喇叭，唱着凯歌，在空中飞来飞去，到处传播自己战胜了百兽之王的消息，它高兴得一塌糊涂。

就在它得意忘形的时候，一不小心被蜘蛛网粘住了，蚊子使尽全身的力气，也没有办法逃脱蜘蛛网。蚊子在快被吃掉的时候，悲叹道："我已战胜了最强大的动物，却被这小小的蜘蛛消灭了。"

歹徒对于我们小学生来说很强大，但是如果我们懂得自我保护，就会脱离危险，并战胜那些坏人。

1. 如果遇到凶恶的歹徒，自己又无法脱离危险，就一定要奋力反抗，以免受到更严重的伤害。反抗时，要大声呼喊以震慑歹徒；动作要突然迅速，打击歹徒的要害部位，在此过程中要不断寻找机会脱身。

2. 当自己被抢劫而无法反抗时，可按作案人的要求交出部分财物，然后再想办法。尽力保持镇定，与作案人说笑斗口，延迟时间，采取默认方式表明自己交出全部财物并无反抗的意图，使作案人放松警惕，以便自己看准时机逃脱。然后记下作案人特征，如身高、年龄、体态、发型、衣着、胡须、语言、行为等去报案。

3. 被他人欺负时，要告诉老师、家长。现在社会上有一些无业游民，经常拦截学生，向学生索要钱财，如果学生当面反抗，他们就会以武力的方式使学生屈服。如果遇到这种情况，学生应该先顺从这些人，然后找家长或老师来解决这件事情。

小博士讲道理

蚊子抓住了狮子的弱点，战胜了力量强大的狮子。但是，在面对比狮子小浪多的蜘蛛时，蚊子的得意忘形却使自己送掉了性命。蚊子不知天高地厚，不知道"世界上没有绝对的强者，万物都是相生相克"这个道理。强大总是相对的，不能以具体的标准来衡量。

12 滥竽充数
——投机取巧不是长久之计

寓言故事

齐宣王为了寻欢作乐，在宫廷里组织了一支三百多人的庞大的吹竽乐队，来为他演奏。

他特别喜欢听用竽演奏的音乐，又喜欢讲排场，便叫三百多人一同为他吹竽奏乐。乐队里的人所得的待遇很高。人们都很羡慕，并希望能参加到这支乐队中来。

有个南郭先生，本来不会吹竽，但他知道齐宣王喜欢听合奏，也买了一个竽，到齐宣王那里说自己会吹竽。齐宣王觉得吹竽的人越多越好，连问也没问，就把他编到乐队中去了。

每次演奏时，南郭先生就在队伍里面学着别人吹竽的样子，乱吹一气。他摇头晃脑，装模作样地在乐队中充数，还真像，谁也看不出他是在假吹。

三年过去了，谁也没有发现他是在充样子。他每次都和其他人获得同样多的报酬和赏赐，心里高兴极了，每每因为自己能蒙混过关而得意。

后来，齐宣王死了，他的儿子珉王继位，他也喜欢听竽，不过，他不喜欢集体演奏，而是喜欢听独奏。南郭先生一看这种情况，知道大势已去，当别人单独吹竽时，他就偷偷地溜走了。

 好故事伴成长开发学生想象力的50个寓言故事

小博士讲道理

这个故事中的南郭先生，没有什么真正的本领，只会混在行家中装样子，结果混得了一时，却混不长久，一到单独表现自己能力的时候就只有逃跑。我们在学习中，要以南郭先生为戒，平时要努力锻炼自己的能力。

1. 我们应该认认真真、老老实实地学习，用知识充实自己的头脑。现在所学习的都是基础，为了以后更精更专的学业深造，我们不能偏科，要平衡地学好每一门功课。

2. 努力培养一门或几门专业技能，将来用自己的智慧和双手建造我们美好的生活。现在的特长班很多，我们可以根据自己的兴趣选择一项或几项，将来会大有用处的。

3. 学习任何知识或技能，都容不得丝毫的虚假和马虎，只有脚踏实地，刻苦攻读的人，才能够学到真正的本领，才能不被时代所淘汰。

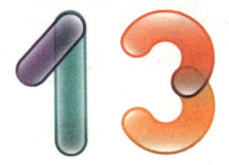

蚯蚓筑新家
——意志坚韧万事成

好故事伴成长开发学生想象力的50个寓言故事

寓言故事

一只螃蟹在小河边享受着午后的阳光。

"嗨，蚯蚓老弟，你在忙啥呀？"螃蟹向不远处的蚯蚓打着招呼。"我在挖洞，冬天要来了。"蚯蚓回答道。

"你还会挖洞，真是笑死人了。你没有强健的臂膀，只有先天的软骨症，还是省省劲吧。"听到螃蟹的嘲讽，蚯蚓并没有丧气，它每天都在那儿慢慢地将自己的洞穴往前推进一点，而螃蟹挖洞时总是三心二意的。

冬天很快就来了，蚯蚓搬进了自己舒适的新家，而螃蟹却不知道新家在哪里。

小博士讲道理

做事情要有目标，无论他人如何嘲笑，自己都要继续前进。蚯蚓虽然没有强健的臂膀，但它却靠着自己不懈的努力，一点一点地建筑了自己的家。面对自己的不足，面对别人的嘲讽，你也有如此坚强的意志吗？

1. 目标坚定。知道自己的目标是什么，也是有坚韧意志的第一步。

2. 强烈的渴望。对目标有着强烈的渴望时，才会坚持到底。

3. 计划确实。列出计划，做到心中有数，短期目标汇集成长期目标。

4. 相信自己的能力。相信自己有能力执行计划，可以鼓舞一个人坚持计划不放弃。

5. 正确的知识。计划不能以猜想为基础，而要以经验或以观察推测为根据。只要计划是正确的，就会鼓励人坚定不移地做下去。

6. 合作。与他人彼此了解、和谐互助，向着同一目标前进，有利于助长坚强的意志。

狒狒的雨伞
——做事要有长远的眼光

寓言故事

狒狒每天都在密林里散步。一天，它在路上遇见了朋友长臂猿。

"我的朋友，"长臂猿说，"天气这么好，你竟然撑着雨伞。"

"是的，"狒狒说，"我感到非常恼火。讨厌的伞收不起来，它给卡住了。我本来想带伞散步以防备下雨，但是，正如你看到的，我在这伞下不能享受阳光，这太糟糕了。"

"我有个简单的办法，"长臂猿说，"你在伞上挖几个洞，太阳不就照到你了吗？"

"好主意！我怎么就没有想到呢？还是你聪明！"狒狒大声说。

于是，它在伞的顶部剪了几个大大的洞，和煦的阳光透过洞照了下来，非常温暖。

"要是下雨还能遮雨，现在又能享受到阳光，真是两全其美！"狒狒说。

不一会儿，太阳就消失了，接着便下起了倾盆大雨。雨水从伞上的洞落了下来，只一会儿工夫，倒霉的狒狒便浑身湿透了。

1. 爱护花草，保护环境。花草树木可以美化环境，净化空气，阻隔噪音，防止水土流失，还可以调节气候，是天然的大空调。既然它们有这么多好处，我们当然要爱护花草，植树造林了。

2. 少用一次性用品和塑料袋。一次性用品和塑料制品给人们的生活带来了诸多方便，可随手丢弃的塑料袋却成为环境中令人头疼的"白色污染"，它在地下很难降解，造成长年的环境污染，严重威胁土质问题。一次性用品的使用，也造成了资

源浪费和环境污染。所以,我们要从我做起,少用塑料袋和一次性用品。

3. 节约用水。地球上有75%的地方被海水覆盖,但是海水不能饮用和灌溉,我们喝的水都是湖泊、河流、小溪和地下水经过加工处理而成的,这些水还占不到总水量的1%。可见,淡水资源是非常有限和珍贵的。

4. 原谅同学的错,并且帮助同学改正错误。同学之间可能会发生矛盾,也可能因为他的错误而给你造成伤害,如果因此你再也不理对方,那你就会失去一个好朋友。而如果你原谅他的错,真诚地帮他分析错误,避免他以后再犯,那么,你就会在不知不觉中培养自己宽容、大度的品格,真心对你的朋友也会越来越多。

小博士讲道理

我们在想事情时可不能单单只是想"现在我想……"还要考虑到这件事情对你的将来是否有影响。很多事情随着时间的推移是会发生变化的,可能现在是一个样子,将来又会是另一个样子。这也是为什么各个国家都提倡环保的一个原因。如果大家都不注重环保,你能想象一万年后的地球是什么样子吗?

鸭姐妹
——创新才有出路

好故事伴成长开发学生想象力的50个寓言故事

寓言故事

每天早晨，鸭姐妹俩总是顺着大路摇摇摆摆地去池塘游泳。

"这条路真好，"鸭姐姐说，"但是我在想，我们是不是找另外一条路。也许还有许多路都能通向池塘呢！"

"不，我不同意，我实在不想找另一条新的路。这条路我已经走惯了，很舒服。"鸭妹妹说。

一天早上，鸭姐妹看见一只狐狸坐在路边的一个篱笆上。"早晨好，鸭小姐，你们是去池塘游泳的吧？""对啊，我们每天都要走这条路呢！"鸭姐妹说。"真的吗？有意思。"说着，那狐狸露出尖尖的牙齿笑了。

第二天清晨，鸭姐姐说："如果我们今天还是走那条老路的话，我们一定会遇到那只狐狸的。我不喜欢看到它那副嘴脸。今天我们一定得找条新的路去池塘。"

"你真傻，那只狐狸看上去多像一位绅士，昨天它还朝我们笑呢！"鸭妹妹笑着说，就这样，鸭姐妹俩还是沿着老路摇摇摆摆地向池塘走去。果然，那只狐狸仍旧坐在篱笆上，手里还拿着一只大麻袋。

"可爱的小姐们，我正在迎候你们呢。你们果然没有让我白等，我真是太高兴了！"说着，它打开麻袋，凶猛地扑向鸭姐妹。鸭姐妹嘎嘎地喊叫着，扑扇着翅膀飞似的逃回了家，赶紧把门闩上。

第三天，鸭姐妹待在家里，没敢去池塘。

第四天，它们小心谨慎地找到了另外一条路，这条路能安然无恙地到达池塘。

小博士讲道理

要是鸭妹妹早听姐姐的话，也不至于被狐狸追捕；同样，如果不吃一小亏，说不定鸭姐妹一辈子只知道一条通往池塘的路。适当的变化是好的，我们做事不能墨守成规，有时改变一下习惯是十分有益的；同时，没有压力就没有动力，如果鸭姐妹没有遇到狐狸的话，也许她们永远只能走一条路去池塘。

前人的经验是宝贵的，但时代也是进步的，如果只是把前人的经验原样照搬，它未必适合你现在的情况。该怎么做才算是不墨守成规呢？

1. 动脑筋多思考，在前人的经验上有所创新，得出自己的方法。比如做小手工艺品时，在老师教你的基础上，你可以多做一些新花样，让大家共同分享你的创新。

2. 有时改变一下习惯，做一些新的尝试是十分有益的。习惯的力量是巨大的，有时习惯不能适应环境的变化，就需要我们来改变习惯，以便更好更快地达到目的。

3. 不迷信书本，不迷信权威。只有今天敢于质疑、敢于批判，明天才能不墨守成规，善于创新。

4. 敢于面对自己的失败。当自己的新方法没有成功时，不要灰心丧气，而要在失败中寻找原因，一直努力到成功为止。

16 守株待兔
——不劳而获是妄想

寓言故事

从前,有个种田的人。一天,他正在地里干活,忽然看见有一只兔子从远处惊慌地跑了过来,一头撞在地边的一棵树上,蹬了蹬腿,死了。

种田人见此情景,忙放下锄头跑过去,将兔子拎起来。他很高兴,没有费一点力气就捡到了一只又肥又大的兔子。想到晚上可以美美地饱餐一顿,没有等收工,种田人就拎着兔子回家了。

刚一进门,妻子见他手里拎着一只兔子,便问是怎么得来的。种田人把捡到兔子的经过说了一遍。妻子很高兴,就对他说:"如果你能天天捡到一只兔子回来,我就天天给你做好吃的。"

从此之后,这个种田人就丢下锄头,放弃了他的农活,整天坐在大树旁,等着再有一只兔子撞死在树上。

时间一天天地过去了,种田人再也没有捡到一只撞死的兔子。而他的田里已经长满了野草,荒得没法再耕种了。

 好故事伴成长开发学生想象力的50个寓言故事

小博士讲道理

这个故事告诉我们：不经过自己的努力，而只想得到意外的收获，这种侥幸的心理只能耽误正事，是十分要不得的。

1. 凡事都需要有吃苦的精神。做事之前，就要做好吃苦的心理准备，如果没有，那你就注定要不停地寻找和尝试，最后的结果是你一件事情都做不好。比如一位同学在学跳舞时感到很累，就改学钢琴，可学琴不能间断，每天都要练，把十个手指都磨疼了，他又改画画……这样的人，同学们都会猜到他最后的收获吧？

2. 改掉懒惰的习惯，向自己的目标努力前进。当你想取得好成绩，想成为某方面的高手时，就要努力去做。相信一分耕耘一分收获，只要你努力了，就会有所成就。

3. 及时改变方式。在做题时，如果用一种方法一直无法解决，就不要再枉费心力了，需要换一种方法来思考。

17 讳疾忌医
——听取劝告

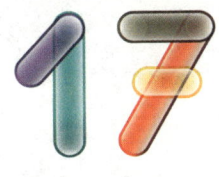

好故事伴成长开发学生想象力的50个寓言故事

寓言故事

战国时期,有一次名医扁鹊去见蔡桓侯。

他在旁边站了一会儿对桓侯说:"国君有病了,现在病还在皮肤里,若不赶快医治,病情恐怕将会加重!"

桓侯听了笑着说:"我没有病。"

等扁鹊走了以后,桓侯对身边的近臣说:"这些医生就喜欢医治没有病的人来夸耀自己的本领。"

过了10天,扁鹊又去见桓侯,说:"国君现在的病已经发展到肌肉里,如果不治,恐怕会更加严重。"

桓侯还是不理睬他的话。扁鹊走了以后,桓侯很不高兴。

又过了10天,扁鹊再去见桓侯,说:"大王,您的病现在已经转到肠胃里去了,再不从速医治,就会更加严重了。到时候后果可是不堪设想,请国君三思!"

桓侯仍旧没有听取他的意见。

又过了10天,扁鹊又去朝见桓侯,当他到了大殿上看到桓侯的脸色以后,什么话也没说,回身就走。桓侯觉得很奇怪,于是派使者去问扁鹊。

扁鹊对使者说:"病在皮肤里、肌肉里、肠胃里,不论针灸或是服药,都还可以医治,病若是到了骨髓里,那还有什么办法呢?现在桓侯的病已经深入骨髓,我也无法替他医治了。"

5天以后,桓侯浑身疼痛,赶忙派人去请扁鹊,此时扁鹊已经逃到秦国去了。

桓侯不久就驾崩了。

小博士讲道理

这篇寓言告诉了我们两个道理：一是一个人身上如果有了小的缺点而不及时改正，那就会酿成不可救药的大错；二是要听取别人善意的劝告，蔡桓侯如果不是一意孤行，能够早日采纳扁鹊的意见的话，那么他也不至于病得无药可救。

1. 对于他人的建议要善于接受。当你决定做一件事情时，可以和好朋友商量，听听他们的意见。往往身边的朋友比你更清楚你的缺点和错误。

2. 认真分析别人的劝告。当你在做事情时，有人会对你的行为提出意见或建议，很多人的劝告都是好心的，但也有一些人会提出损人不利己的建议。这时，你就要分析他们的建议，看看有没有道理。

3. 不能盲目地听从所有人的劝告，也不能什么劝告都不理睬。

马和驴子
——损人就是损己

寓言故事

一个人赶着驴子和马，运送货物到集市上去。本来一开始驴子和马驮负的东西是一样重的，它们齐头并进，但是一段时间过后，驴子开始体力不支，慢慢地落后了一大截。

"马大哥，你能帮我背负一点儿东西吗？我实在是累得快不行了！"驴子在后面呻吟着请求马。

"谁让你这么没有用！我和你一样受主人的使唤，驮同样多的东西，这难道不是很公平吗？我才不会帮你呢！"马赶紧往前走了几步，以免被驴子赶上。

"可是我真的快支持不住了，要不然我也不会求你的！"驴子开始低三下四地哀求自己的伙伴。

"说什么我都不会答应你，我才不会那么傻！你做你的事，我干我的活，咱们井水不犯河水！"马高傲地甩甩尾巴，自顾自地往前走了。

驴子终于累倒了，而马却和以前一样跑得轻快，它还在内心里为驴子没用而高兴呢。

可是一会儿马就被主人拽了回来，并且把驴子背上的东西全都放在了马的身上。一时之间，马被压得喘不过气来，马呻吟着说道："我竟然做了这么愚蠢的事。当初我要是稍微帮助驴子一下，现在也不会驮着全部的货物。"

好故事伴成长开发学生想象力的50个寓言故事

小博士讲道理

骄傲的马开始不愿帮助驴子多驮一点东西，结果却只能将全部的货物驮在自己身上。这个故事告诉我们：在团队中，帮助别人就是帮助自己，让别人轻松其实就是让自己轻松。

1. 把同学当成兄弟姐妹。每个同学在家里都有父母照顾，到学校就只能互相照顾了，大家应该像兄弟姐妹一样互相帮助。学生时代的好朋友，可以在一生中互相扶持，这样的友情是最值得珍惜的。

2. 积极帮助犯错误的同学。每个同学都有缺点，都会犯错误，当和同学发生矛盾时，要静下心来，仔细想一想，怎样做才能更好地帮助别人改变缺点。这样多为别人着想，朋友会更多，性格会更开朗，生活会更有乐趣。

3. 换位思考。如果别人遇到困难，你不愿意帮助别人时，可以想象一下，如果是自己遇到了困难，希不希望别人帮忙，会不会从心里感谢帮忙的人？这样，就能渐渐明白，帮助别人是一件非常好的事情，举手之劳，就能带来很多快乐，也能带来真心的朋友。

不同的命运
—— 各司其职，知足常乐

 好故事伴成长开发学生想象力的50个寓言故事

寓言故事

  龙王住在海底深处，传说它是水族中的至尊，水中一切动物都是它的臣民；龙王还能呼风唤雨，它的一举一动都会给民间百姓带来很大影响。因此，民间百姓虽不是水族动物，也同样对龙王非常敬畏，总是顶礼膜拜。

  一天，龙王出外巡游，在海滨遇上了一只青蛙。龙王和青蛙相互致以问候以后，便友好地攀谈起来。

  青蛙问："龙大王，您居住的地方是怎样的呀？"

  "我住在宫殿里，那不是一般的宫殿，而是海底宫殿，是用珍珠宝贝建造的，里面珠光宝气，金碧辉煌。"龙王说。

  接着龙王又问青蛙："那么你居住的地方又是什么样子呢？"

  "我住的地方嘛，在山间小溪边，那里有绿色的苔藓和碧绿的野草，还有清亮的泉水和洁白的山石，简直美丽极啦！"青蛙说着不禁高兴起来，便问龙王："龙大王，您高兴和发怒的时候是怎样的呢？"

  龙王说："我高兴的时候，就给人间适时降下滋润的雨水，使五谷丰登；我发怒的时候，就刮起暴风，使天地间飞沙走石，然后，再加以霹雷闪电，使得千里之内寸草难留。不知你在高兴和发怒的时候是怎样的？"

  青蛙回答说："我跟龙大王您就没法比了。我高兴了，就在风清月明的夜晚亮起我的歌喉，一个劲地'呱呱'鸣叫，唱上一阵；我要是发怒了，就先睁大眼睛凸出眼珠子，接着便鼓胀起我的肚子，表示我的气愤，最后把肚子这么胀过以后也就罢了。因为我就有这么大能耐。"

小博士讲道理

世上万事万物间的差别都是很大的，人也同样如此。别人和自己有多大的差距并不重要，重要的是要把属于自己的能量发挥到极致，坚守好自己的岗位，这才是最基本的做人准则。

1. 在班集体中，班干部应尽职尽责。你作为班干部，是老师的助手，是同学们的榜样，所以不管在学习和管理方面都要尽力做到最好。卫生委员、学习委员不要觉得还有班长可以负责就对自己范围内的工作少管少问，而只管自己的学习。

2. 在家里，当好自己的角色。每位同学在家里都是父母的心肝、天使。整个家庭的快乐幸福与否在很大程度上取决于孩子。所以我们在家要多做力所能及的事情，帮父母做家务，陪老人聊天，你这样做，为家庭带来的幸福比金钱更有价值。

3. 在团体活动中，做好自己的工作。进行团体活动时，每个人的分工不同，在团体中都起重要的作用，没有什么主次之分，比如在办黑板报时，有负责选文稿的，有负责写字的，有负责插画的，有负责分版的，你能分出工作的主次吗？如果黑板报做得好，可能大家首先会夸奖写字的和插画的，但是这夸赞中不也包含着你的功劳吗？所以大家在活动中，要坚守各自的岗位，发挥各自的特长。

20 八哥的金笛
——敢于面对自身缺点

寓言故事

从前，八哥的鸣叫声嘶哑难听，与乌鸦和猫头鹰的叫声差不多。

谁听了都厌恶地摇头并咒骂它："不祥的鸟儿，快点走开！"

自从它得到了一支万能的金笛，一下子就变成一只最巧嘴的鸟儿，唱起歌来美妙动听，人人称颂！

八哥是怎样得到万能的金笛的呢？是这么回事——有一天，百鸟正在山林中聚会，从天上飘下一支金笛，落在它们当中。

这支金笛能发出最美的声音，奏出的乐曲格外悠扬、动听！

而且这金笛能巧妙地模仿人的语言，当然更能模仿各种鸟儿美妙的啼鸣。

这支金笛应该交给谁来使用呢？鸟儿们开会认真地讨论——谁的鸣声最难听、最不受欢迎，就把金笛交给它——弥补它命运的不幸。

鸟儿们决定发扬民主，由大家来推荐。

于是大家就开始了评议，推荐的对象是：乌鸦、八哥和猫头鹰。

乌鸦头一个提出了抗议："你们的评议太不公平！谁敢说我的叫声不受欢迎？我看呐，我的叫声比你们全都悠扬动听！"乌鸦陶醉着。它发现别人对它的话很不以为然，勃然大怒道："你们这是对我最大的污蔑，我要向鸟王的法庭提出诉讼！我声明我坚决不要这支金笛，我看呐，还是把金笛送给八哥或猫头鹰！"

猫头鹰也愤怒地高声大喊："难道说我就是好欺负的？我的叫声比你们谁的也不差，虽说赛不过金铃吧，也能赛过银铃！谁敢说我的叫声不受欢迎？我看呐，人们都对我十二分地不尊敬！我也声明坚决不要这支金笛，我提议还是把金笛送给八哥！"

就剩八哥没表态了，这时八哥点了点头连声说："我的短处我自己知道得最清楚——我的嗓子嘶哑，叫声很不好听，到处都惹人讨厌，不受人欢迎……就请大家把这支金笛交给我吧，我感谢大家对我的一片盛情！"

好故事伴成长开发学生想象力的50个寓言故事

于是,万能的金笛就到了八哥的手中。从此八哥就变成了一只最巧嘴的鸟儿,到处受人欢迎,到处被人称颂!

乌鸦和猫头鹰拒绝把自己的短处换成长处,所以至今让人厌恶不已。

小博士讲道理

我们为什么要掩饰自己的过失和缺点呢?每个人都会有这样、那样的不足,不要回避自己的缺点,只有勇于面对自己的不足,勇于挑战自己,才能不断进步。对于那些知道自己的不足,却不愿意正视、改正的人,这些缺点可能就是他们一辈子的缺点,他们永远不会进步。

1. 有了错误和缺点就承认,能够承认和面对自己的错误和缺点也是一种勇气。

2. 早承认自己的错误,就能早一点改正,离成功更近一步。所以,要尽早改掉错误,克服自己的缺点。

3. 如果自己有了缺点没有毅力克服,就让家长或同学监督,帮助自己尽快改正。

4. 观察发现别人的长处,和这些人交往,学习他们的长处,克服自己的缺点。

21 惊弓之鸟
——心里坦荡才无忧

好故事伴成长开发学生想象力的50个寓言故事

寓言故事

战国时魏国有一位有名的神箭手,他的名字叫更羸。他有百步穿杨、百发百中的本领,魏王非常欣赏他,也很重用他。

有一天,更羸陪伴魏王在后花园喝酒,他抬头看见从东方徐徐飞来一只大雁。

更羸说:"臣启奏大王,臣不用箭,只需拉响弓弦,就可以让天上的飞鸟跌落下来。"

魏王摇摇头说:"这不可能,你在开玩笑吧!你的射箭技术可以高超到这种地步吗?寡人不信。"

更羸一本正经地说:"在大王面前说假话,是要犯欺君之罪的。我怎敢欺骗大王呢!"

魏王还是不信,什么也没有说,等着更羸射不下大雁再来教训他。

不大一会儿,那只大雁从远处飞到近处。更羸摆好姿势,拉满弓。雁刚飞至头顶上空时,更羸猛扣弓弦,只听一声凌厉的声响后,大雁在空中无力地扑打几下,便一头栽落下来。

魏王惊奇得不相信自己的眼睛,不禁叫道:"啊呀,爱卿的箭术真高超到这种地步吗?即便是后羿再生也自叹不如,爱卿真是古今第一人。"

更羸放下弓说:"不是臣箭术高超,而是这只大雁有隐伤,听见弦声便惊落下来了。"

魏王更奇怪了:"雁在天上飞,你怎么会知道它有隐伤呢?"

更羸回答:"这只大雁飞得很慢,而且叫声悲哀。据我多年的经验可知:飞得慢,是因为它体内有伤;鸣声悲,是因为它长时间失群。这只大雁创伤未愈而惊魂未定,一听见凌厉的弦声便惊逃高飞,谁知猛一震动翅膀便旧创迸裂,所以就跌落下来了。"

小博士讲道理

尽管更羸没有用箭，曾受过惊吓的大雁还是被"射"下来了。这就是我们常说的心理暗示。这就好像我们闯了祸，尽管爸爸妈妈可能不知道，可我们心里还是会害怕，还是会担心，一不小心还会露馅。怎么办呢？承认自己的错误吧，只有坦坦荡荡做人，心中无忧，才不会成为惊弓之鸟。

1. 做了错事，马上承认错误。为了研究闹钟为什么会响，你把闹钟拆开了。可是当爸爸下班了，你还没有装好，怎么办呢？向爸爸说明真相吧，闹钟坏了是小事，你隐瞒了闹钟的真相可就是大事了。

2. 心中有疑惑要说出来。心中有了疑惑时，经常是草木皆兵，甚至影响到自己的学习和生活。所以，对于自己不清楚的事情就要去弄明白，放在心中更是不得其解，庸人自扰。

3. 心境要开阔。不要总是把一些子虚乌有的事情放在心中，折磨自己。当你感觉你的好朋友连着几天总是躲着你时，你就怀疑他说了你的坏话，或者做了对不起你的事，越想越生气，最后你再也不理他了。其实他可能是因为最近生病，心情不好，没有心情和你说笑而已。

黄青蛙的下场
—— 懒惰是成功的绊脚石

寓言故事

在一个池塘边生活着两只青蛙，一绿一黄。绿青蛙经常到稻田里觅食害虫，黄青蛙却经常悠闲地躲在路边的草丛中闭目养神。

有一天，黄青蛙正在草丛中睡大觉，突然听到有人叫："老弟，老弟。"它懒洋洋地睁开眼睛，发现是田里的绿青蛙。

"你在这里生活太危险了，搬来跟我住吧！"田里的绿青蛙关切地说，"到田里来，每天都可以吃到昆虫，不但可以填饱肚子，而且还能为庄稼除害，也不会有什么危险。"

路边的黄青蛙不耐烦地说："我已经习惯了，干吗要费神地搬到田里去？我懒得动！况且，路边一样也有昆虫吃。"

田里的青蛙无可奈何地走了。几天后，它又去探望路边的伙伴，却发现路边的黄青蛙已经被车子轧死了。

好故事伴成长开发学生想象力的50个寓言故事

小博士讲道理

懒惰可不会给你创造财富,相反,它会盗走本身属于你的财富。你小小的脑袋也许会想为什么周围总有同学比我优秀呢?可别怀疑你那颗聪明的小脑袋。如果你落后了,那只有一个原因:你还不够勤奋。懒惰是什么?是成功的绊脚石。你要做的就是一脚把它踢开。

做一做

1. 自己的事情自己做,培养责任心。现在很多父母对孩子的事情全部包办,恨不得连作业都替孩子做,这样使孩子没有一点责任心,不知道什么是自己该做的事情,这样下去,孩子怎么可能不懒惰呢?如果你一直是家里的小皇帝,现在可以从洗自己的碗、整理自己的房间做起,远离懒惰。

2. 列个计划表,不浪费时间。勤奋与珍惜时间是分不开的,只有不浪费时间的人,才会合理安排,完成自己需要做的事情。天长日久,就形成了勤奋的习惯。

3. 加强体育锻炼,增强身体素质。身体是革命的本钱,如果体质差,天天没精打采,想勤奋也做不到啊。所以说,要战胜懒惰,首先要有个强壮的身体。

23 穷和尚和富和尚
——把握现在才能成就未来

好故事伴成长开发学生想象力的50个寓言故事

寓言故事

四川一个偏远的山区里有个庙,这个寺庙的香火一直不旺。庙里有一个穷和尚和一个富和尚。当时南海是佛教圣地,全国的和尚都把去南海朝圣当做一生的理想。

有一天,穷和尚对富和尚说:"我想去南海朝圣。"富和尚不敢相信自己的耳朵,问:"你想去哪里?"

"我想去南海朝圣。"穷和尚很认真地重复了一遍。

富和尚听了哈哈大笑,问:"到南海好几千里呢,你打算怎么去呢?"

穷和尚说:"带一个水瓶和一个饭钵就行了。"

富和尚哈哈大笑,说:"我几年前就打算去南海了,但是凭我的钱财和条件到现在还没能办到。你就一个破瓶破碗就能到南海吗?真是异想天开!"

穷和尚没再说什么,第二天就出发了。

富和尚在他的屋里,检查了准备好的一个大医药箱,又看看包裹里的几套衣服,自言自语地说:"明天就找人造船。"

第二天下雨了。富和尚看着天,说:"看来,还得再计划计划,雨雪的天气怎么办呢?唉,等天晴了再说吧。"

去南海的路上确实很艰辛,但是穷和尚早有心理准备。路上他经常是忍饥挨饿,路宿荒野,有时还会遇到成群的野兽,有时需要冒着雨雪前行。历经各种艰难困苦,他甚至几次病倒、饿晕,但是始终没有放弃到南海的追求。

一年过去了,穷和尚终于到达了南海,学习了很多佛教知识。两年后,他重返寺庙,成了远近有名的得道高僧,而富和尚还在计划需要几个水手、几个保镖呢。

小博士讲道理

同一个愿望，穷和尚实现了，富和尚却没有实现。因为富和尚的计划都是在口头上，根本没有利用当前的时间去积极行动。俗话说"计划跟不上变化"，一切都在变，所以在我们无法预知未来时，所能做的，就是要把握好今天，把握好现在。

1. 今日事今日毕，不把今天需要做的事情推到明天。每天都有需要做的事情，比如每天都要吃饭，当你有了懒惰的心理时就想一想：反正明天还得吃饭，今天就不吃了，做不到吧？那就把今天的事情做完吧。

2. 不要给自己找借口。"今天去公园玩得太累了，作业明天起来再写吧。""这个动画片真好看，等看完了再做作业。""反正明天还有一天时间，今天先玩吧。"明天还有时间，这是许多人给自己不写作业找的借口。

3. 遭遇挫折后，要马上振作起来。如果一直沉浸在痛苦和懊悔中，只会更加萎靡，离光明也会越来越远。只有马上振作，奋力拼搏，与困难作斗争，战胜了自己，才能取得成功。

狐假虎威
——认清事实的真实面貌

寓言故事

在战国七雄中，楚国是一个相当强盛的国家，它不仅疆土广阔，军事力量也非常强大。

有一次，楚宣王问左右大臣："我听说北方的国家都很怕我们国家的昭奚恤将军，果真如此吗？"

大臣们面面相觑，不敢出声，生怕答得不好，冒犯了大王或得罪了大将军昭奚恤。

这时，有个名叫江乙的大臣趋前答道："我有一个故事，不知大王爱不爱听？"

楚王点点头，说道："江爱卿有话请讲。"

江乙于是缓缓道来："从前有一只老虎在森林里觅食，它已经好几天不曾进食了。这时，它看到有一只狐狸，于是就迅速地扑上去，不费吹灰之力就捉住了狐狸。只见它得意地对狐狸说道：'看你这下往哪里跑，我终于有肉可以吃了。'说着，它嘴边已经忍不住流下口水了。

狐狸虽然被抓，眼看就成为老虎的腹中物了，但它一点都不慌张，并且在虎爪下叫道：'你竟然敢吃我！我是上帝派下来管理百兽的。你吃我就是违忤天意，大逆不道！'

老虎听了不相信地说道：'你以为我是傻瓜，你让我放了你，我吃什么？再说了，我才是百兽之王，你一只小小的狐狸怎么能管理百兽呢？凭什么要我相信你的话，能不能拿出证据来？'

狐狸忙说：'你不相信？好，我带你到百兽面前走一趟，看看它们怕不怕我！'

老虎答应了，就跟在狐狸后面走。于是，狐狸神气活现地走在前面，老虎东张西望跟在后面。

林中百兽远远看见老虎来了，吓得一片惊叫，纷纷逃窜。老虎不知道百兽其实是畏惧自己，还以为真的是害怕狐狸，结果它对狐狸佩服得五体投地，就放走了狐狸。"

说到这儿，江乙话锋一转，说道，"如今大王把千里国土，百万精兵都交给昭奚恤统辖，北方国家怕昭奚恤，实际上是怕大王您的雄厚实力，这正如百兽只是怕老虎一样。"

 **好故事伴成长开发学生想象力的50个寓言故事**

小博士讲道理

真正吓走了其他动物的不是狡猾的狐狸,而是威风的老虎。对于那些依仗别人的势力来壮势的人,我们要像江乙一样,认清事实的真实面貌,而不要像老虎那样,被人所利用、欺骗。

1. 不轻易接受陌生人的好意。在他们善良面孔的背后,不知道隐藏着什么样的丑恶目的。当你独自在公共场所走路或坐着时,可能会有陌生人主动和你交谈,并给你好吃的、好玩的,然后带你去附近好玩的地方。其实只要你跟着他上了车,他就会原形毕露,使你陷入危险。记住"天下没有免费的午餐"。

2. 不欺负同学。不要以为你是班干部,同学们听你的话,你就可以欺负同学。同学们听你的话,是在课堂上,是学习方面的需要。在生活中,同学们之间应该都是平等的。

25 画蛇添足
——凡事不可过度

 好故事伴成长开发学生想象力的50个寓言故事

寓言故事

在战国时期，楚国有一户人家，正在举办祭祖活动。由于这家人在村子里的人缘很好，所以一说他家需要帮忙，邻居们和村里的乡亲们都纷纷前来帮忙。主人为了感谢乡亲们的帮忙，就把祭祀用过的一壶酒送给帮忙办事的人喝。

可是人有很多，酒却只有一壶，不够分，怎么办呢？这时候院子里有个人就提议："要喝就喝个痛快，那就让我们来个比赛，谁赢了酒就归谁，大家认为怎么样？"

大家都说这个提议好，可是比赛什么呢？这可难住他们了。这时，刚才提议比赛的那个人又说道："咱们比赛画蛇怎么样？谁画得快，并且画得形象逼真，酒就是谁的！"

大家都同意了他的观点。

于是，画蛇比赛就开始了。

有一个人画得很快，一转眼，蛇画好了，这壶酒便归他。但他看见其他的人都没有画好，便想进一步显显自己的本领，于是，一手提着酒壶，一手挥笔继续在地上画，一边画还一边说："看吧，我还要添几只脚哩！"

正当他画蛇脚的时候，另一个人把蛇画好了。本来觉得这酒他肯定是喝不着了，他心想：喝不着就算了，看着别人喝也行。

于是，他就看第一个画完蛇的人，只见他左手拿着酒壶，右手还在蛇身上画脚。他看到后，一把夺过第一个画完蛇的人手中的酒壶，说道："蛇是没有脚的，你画的根本不是蛇，输了。我先画好，酒应归我喝！"说罢，张口便喝，把壶里的酒一饮而尽。画蛇脚的人只好呆望着。

小博士讲道理

成语"画蛇添足"就是自此而来的,它意思是说本来已经做好的事情非要多弄点什么,反而弄砸了,也表明凡事不可过度,点到即止。如果故作聪明,违反常理,那么往往会弄巧成拙。

1. 认真学习和遵守校规校纪。《小学生守则》和《小学生日常行为规范》是学校这个集体的行为准则,每个学生都应遵守,不能任性妄为。有了尺度,做事就不容易过度了。

2. 开玩笑不能过分。在紧张繁忙的学习之余,同学之间总会开开玩笑,打打闹闹,相互嬉笑,既可以放松一下,又可以增进同学之间的友谊。然而,如果玩笑开过了头,嬉闹不注意分寸,就有可能引发意外事故。比如突然抽同桌的椅子,让同桌摔到地上,这样可能会让同桌的颈椎受到损伤。

3. 玩网络游戏不能过度。网络游戏可以放松心情,增强反应能力。但过度沉迷于网络游戏,严重的会导致网络成瘾综合征,出现个性化、极端化情绪,疏远家人朋友,身体健康状况下降,造成人格不健全。

4. 体育锻炼不可过度。适时适度的体育锻炼有益身心健康,但是如果你一味逞强,好久没跑步了,而突然要坚持跑完三千米,那就会因此腿疼几天,甚至伤至筋骨。

5. 不暴饮暴食。饮食要有规律,每个人遇到好吃的肯定都想多吃一些,但是如果吃得过多,可就要上医院打针喽。

26 胡桃的阴谋
——不可滥用同情心

寓言故事

一只乌鸦叼了一个胡桃,飞上了一座高大钟楼的楼顶,它用爪子抓住胡桃,开始用自己的喙去啄它。突然间,那胡桃滚了下来,消失在一道墙壁的裂缝里。

"墙啊,美好的墙,"胡桃知道它已不必再害怕乌鸦的利嘴了,就向墙壁哀求道,"请看在上帝的份儿上,它对你是这样好,把你造得这样高大坚强,还给你装上这些声音如此美妙的大钟,你救救我,可怜可怜我吧!我原是注定落在我老爸爸的枝丫下面的,"它继续讲下去,"而且要在那肥沃的泥土里休息,盖上黄叶。我求你,别抛弃我。当我被那凶恶的乌鸦抓住,躺在它可怕的爪下时,我曾起誓,我说,如果上帝让我逃出来,我发誓要在一个小洞里结束我的生命。看来,是上帝接受了我的请求,让我到您这里来。"

大钟柔声说着话,警告钟楼要小心提防,因为胡桃核是危险有害的。但是墙壁却大发慈悲,决定收留它,让它留在落下的地方。

但过了不久,胡桃核裂开了,不多久它就把根伸进石头的缝隙,接着根又从砖石间穿过,枝丫也从小洞里探出头来,树枝长大起来,变得更加粗壮,从钟楼顶上直伸出去。昔日高大稳固的钟楼却一天天被胡桃的枝丫破坏着,地基也开始慢慢动摇了。

好故事伴成长开发学生想象力的50个寓言故事

小博士讲道理

墙壁帮助了胡桃，结果却害了自己。同情心有时是财富，有时却也是毒药。当你决定帮助别人时，要认清这种帮助是否会伤害到你自身，适当的自我保护是有必要的。

当你在行善时，要做到：

1. 培养同情心。看到那些吃不饱穿不暖的人，或者被人打的小动物时，可以换位想一想，如果自己在那种情况下，是多么需要别人的帮助啊。

2. 分辨需要同情的对象。对于那些生性残恶的人和动物，我们应该收起善良之心，保护好自己。否则，你的善良会被人所利用，最终害了自己。

3. 在保证自己的安全和需要之后，再帮助别人。如果自己只有一元钱，需要坐公交车回家，那你看到再可怜的对象，也不能把钱给他。

27 南辕北辙
——行动与目标一致

好故事伴成长开发学生想象力的50个寓言故事

寓言故事

古时候，一个魏国人要去楚国，楚国本来在魏国的南边，可是他却让车夫赶着车一个劲儿地向北面飞跑而去。

他的朋友见他迎面飞车而来，忙问："你到哪里去？"他回答说："我要到楚国去。"朋友感到很奇怪，忙叫他停车，提醒他说："你没有搞错吧，楚国在魏国的南面呀！"

他很自信地说："不要紧，我知道方向不对，不过我的马很快呀！"这位朋友仍然提醒他说："你走的方向不对，马越快，离楚国不是越远了吗？"

他仍然很自信地说："没关系，我带的路费多。"朋友说"但这不是一回事呀，你的路费多又有什么用呢？你的方向不对，还是往南走吧！"

他仍然不听朋友的劝告，坚持说："我的车夫赶车的本领高强，是个好把式。"接着又说，"回头见！"说完，他就让车夫飞似的赶车走了。

他的朋友皱着眉头说："真是个糊涂人，楚国在南面，他硬是往北走，尽管他的马好，路费多，车夫赶车的本领又高强，但是这些条件越好，离他要去的楚国不是越远吗！"

1. 有的同学每天都在羡慕优秀的同学，也在下决心要向优秀的同学学习。可在行动上呢，仍然整天碌碌无为。问他怎么不看书学习时，他却说："有些同学还没有我学习好呢。"像这样只会和差生比的同学，是进步不了的。

2. 在课堂上刚学了"助人为乐"，并向老师表示以后要做

"乐于助人的好学生"；下课后同学向你请教问题时，你明明会，可为了去跳皮筋却说不会，这样做你心里不难受吗？

3. 当你制订了期中考试前三名的目标后，平时就要努力学习，向学习优秀的同学请教学习方法和诀窍，早睡早起，不贪玩，不为自己的懒惰找借口，只要行动和目标一致，勤奋学习会使你实现目标的。

4. 你向妈妈保证，一定会做个孝敬父母的好孩子，可你一直以为只有做大事才是孝敬父母的表现。当你看到妈妈在做饭时，你想：平时都是妈妈一个人做饭，肯定不需要我帮忙，于是坐在一旁看电视。当你在看电视时，爸爸下班了，你想：爸爸会自己倒水喝的，于是继续看电视。难道帮妈妈洗菜，摆碗筷，给下班的爸爸倒水，就不是孝敬父母的表现吗？要知道，只有从小事做起，才能实现大目标。

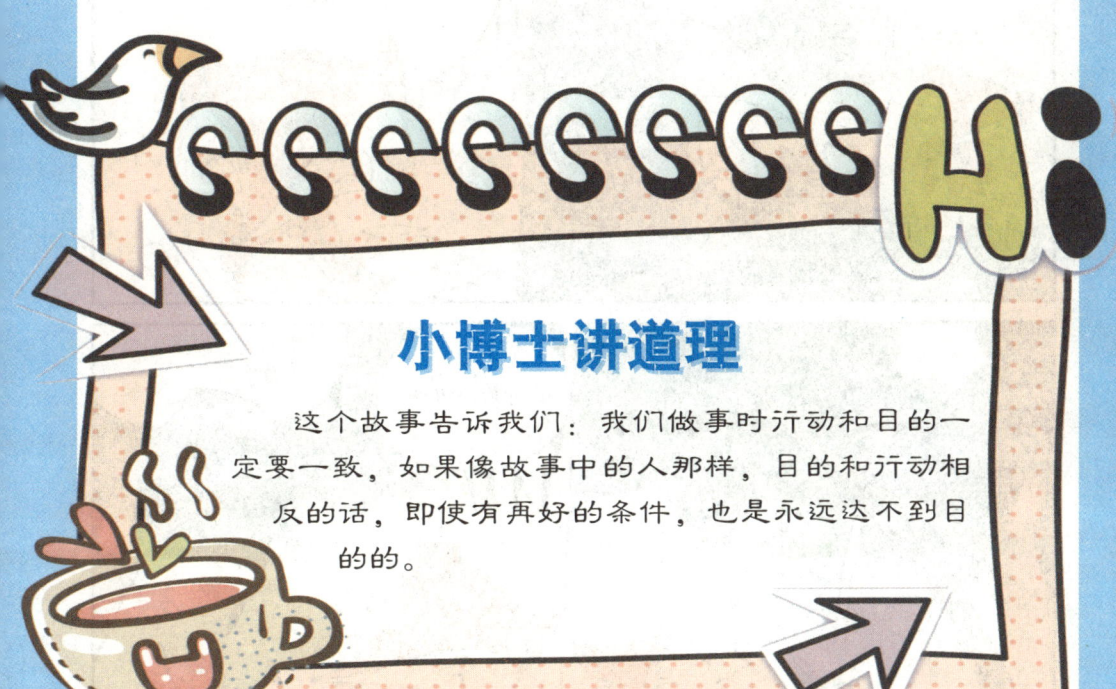

小博士讲道理

这个故事告诉我们：我们做事时行动和目的一定要一致，如果像故事中的人那样，目的和行动相反的话，即使有再好的条件，也是永远达不到目的的。

得意忘形的青蛙
——不要沉浸在赞美中

寓言故事

从前,有一只青蛙生活在池塘里,它整天从水中爬到岸上,又从岸上跳到水中,长此以往就厌倦了这种生活,它很希望有一天能到天上去看一看。

机会终于来了!有一天,两只天鹅来到池塘边喝水,青蛙便把自己的想法讲给这两只天鹅听,天鹅表示可以想办法使它如愿以偿。

"请你看看这条大道,我们顺着它在空中把你送到美洲。在沿途你会看到许多国家和不同的民族,学到各种风俗习惯,并且可以从中受到教益。"

青蛙接受了天鹅的建议,它们把事情定了下来。为了空运青蛙,天鹅想出了一个办法,就是在青蛙的嘴里横放了一根木棍,然后告诉它:"咬紧啊,千万不能松口!"说罢,两只天鹅各架起棍子的一头,腾空而起,把青蛙送上了天空。

青蛙夹在两只天鹅之间遨游,它们引起了人们的惊叹之声。

"真是太神奇了!"大家喊道,"快看呀,青蛙皇后飞上天了!"

"皇后?真的,是皇后。该不是嘲笑我吧,我是皇后!"青蛙情不自禁地高声喊道。

可惜就在它开口说话的瞬间,嘴松开了棍子,它从空中掉了下来,一个倒栽葱的姿势摔死在池塘边。

回想起来,假若青蛙在旅途中一言不发就万事大吉了。

好故事伴成长开发学生想象力的50个寓言故事

小博士讲道理

生活中的你或许很优秀，或许常常能听到赞美之声，但你千万别因这些表面上美好动听的言语而沾沾自喜。要知道，过度沉醉于赞美之音是会出问题的，青蛙不就得到最好的教训了吗？

1. 在赞美中找到自信。别人的赞美会让你快乐，让你对自己的特长更加有信心。在赞美声中，不能自认为自己已经是最好的了，而要发奋努力，把自己的特长训练得更出色。

2. 不骄傲自负，停滞不前。很多人的赞美都是诚心的，也都希望你的优点或特长更出色，但是如果你为此而骄傲，就会造成停滞不前，使优点或特长逐渐消失。

3. 让被赞美的优点或特长更出色。7岁的你会弹一首很优美的钢琴曲，你当然会受到很多人的夸赞，但是如果因此一直在别人面前弹这首曲子，而不思进取，到了10岁时，就不会再有人夸你了。要知道世界上没有不勤奋的天才，那些伟大的成就，都是由聪明再加上勤奋而取得的。

29 众鸟选王
——美丽不等于实用

好故事伴成长开发学生想象力的50个寓言故事

寓言故事

　　从前,在一片大森林里生活着各种各样的鸟儿,这群鸟在森林里生活得久了,不免产生了一些纷争,它们急需一个优秀的领导者。经过一番商议,它们决定推选一位勇敢而优秀的国王来领导大家。

　　大家正在为谁最优秀、最勇敢而议论纷纷时,一心想做国王的孔雀先开口了:"各位,大家就选我做国王吧!我的羽毛是最美的!"

　　说着,孔雀就把它那美丽的尾巴炫耀似的展开了。

　　鹦鹉首先附和着说:"有这么漂亮的鸟做我们的国王,是值得骄傲的一件事。我们就决定选孔雀为我们的国王吧!"

　　这时,麻雀在一旁开口了:"不错,孔雀是最美丽的。但是,我们身体这么弱小,当有外敌入侵时,它有能力来保护我们吗?与其选一个美丽的国王,倒不如选择一个在危险的时候能够挺身而出救我们的国王呢!"

　　众鸟听了麻雀的话,都点头表示赞成。

　　最后,大家经过投票,选举了强悍凶猛的老鹰为百鸟之王。

小博士讲道理

美丽的价值是有限的,它不能永恒,更不能代表实力。拥有美丽的外表会让人更想亲近,更容易喜欢上你,但仅仅有这些是不够的,你还需要不断地充实自己,拥有真才实学;没有迷人的外表也没什么可怕的,只要你有实力,总有一天,会让自己立于王者之列。

1. 良好的自身卫生习惯,衣着整洁。长相的美与丑是由不得我们决定的。只要我们讲卫生,穿的衣服干净、整齐、合体,就已经拥有了漂亮的外表,每个人都无需在外表上自卑。

2. 不盲目追求流行的服饰和装束。适合自己的才是最好的,流行一般都是那些名人制造出来的。只是适合一部分人,而不是每个人都适合。当大街上的小朋友们都穿着带"机器猫"图案的衣服时,你是不是也非要妈妈给你买一件呢?其实那并不一定就适合你。

3. 多学科学文化知识。知识的力量是永恒的。一个外表帅气的男孩和一个知识丰富的男孩,人们会喜欢哪一个呢?可能大家都会先喜欢上外表帅气的男孩,但是当你和他交谈时,他胸无点墨,不知道尊重别人,你还会和他交往吗?知识是每个人的魅力所在,所以我们要努力多学知识。

30 丢了尾巴的狐狸
——保持清醒的头脑

寓言故事

一只狡猾的老狐狸,是偷鸡捉兔的老手,它能在一里以外嗅到猎物的踪迹。一次,它不慎落到陷阱中。侥幸的是,它得以逃脱,作为代价则是丢了自己的尾巴。

这只狐狸丢了尾巴觉得很没面子,便想让其他的狐狸都没有尾巴。一天狐狸聚众开会,它发言说:"我们要这没用的负担干嘛?尾巴只能打扫泥泞的小路,此外别无他用,不如割掉它。请相信我,下个决心吧。"

"你的意见是不错,"一只狐狸搭腔,"只不过想请你转身过去,让我们回答你的建议。"话音刚落,狐狸中一片嘘声,这可怜的丢尾狐狸没有了听众,想除掉所有狐狸尾巴的诡计只能是一个白日梦。直到现在,我们仍可看到狐狸保存下来的尾巴。

好故事伴成长开发学生想象力的50个寓言故事

小博士讲道理

狐狸总是给我们一种很狡诈的印象，你看，它自己的尾巴掉了，便心怀不轨地想让所有的狐狸都割掉尾巴，跟它一个样子，好像这样做就能挽回它的面子似的。生活中也会有这样的人，他们居心叵测地提出一些毫无道理的建议，以此来迷惑他人。所以我们一定要让自己的头脑保持清醒，不要轻易相信那些骗人的话。

1. 在大家都起哄做一件事情时，你要保持清醒的头脑，做出一个正确的判断。

2. 面临突发的事件时，不要张皇失措。比如当你看到有小偷在偷东西时，在确保自身安全的情况下，你再决定是上前阻止还是报警。

3. 当别人给你提建议时，你要冷静地分析是需要听从还是坚持己见。

31 乌鸦学唱歌
——虚心求教学知识

好故事伴成长开发学生想象力的50个寓言故事

寓言故事

在很早的时候，森林里的鸟儿都不会唱歌。直到有一天，从很远的地方飞来了一只会唱歌的云雀，它的歌声婉转动听，感动了森林里所有的鸟。

所有的鸟一致要求云雀教它们唱歌。经不住鸟儿们的苦苦恳求，云雀答应了。

开始教歌的第一天，云雀首先教音符。它教一声，大家就唱一声。教了一会儿，云雀为了检验学生们学习的情况，让它们一个个站出来单独试唱。第一个点到名字的是乌鸦。乌鸦扭扭捏捏地站了起来，不好意思地低声发出了声音。因为它的羞涩，发出的音符走了调，大家哄堂大笑起来。这一下乌鸦羞得脸红脖子粗，它暗地里想：多丢人呀！丑死了！

云雀制止了大家的笑，为了更准确地纠正乌鸦的发音，它请乌鸦大声再唱一遍。乌鸦却想：这不是存心丢我的面子吗？我才不愿再丢丑呢！它一声不吭，愤恼地飞走了。从此再也不接受云雀的邀请。

云雀后来又让其他的鸟站出来唱。其他好多鸟在最初几次发音时也走了调，大家也同样地嘲笑了它们。但那些鸟却都没有像乌鸦那样飞走，而是总结经验，认真听从云雀的指导，耐心地学了下去。

后来，森林里其他的鸟儿都学会了唱歌，声音悦耳动听，唯独乌鸦到现在还不会唱歌，偶尔叫喊几声仍然是当初走调的声音。

1. 勤思考多提问。提问是思考的结果，在学习上，只有多思考，才能问出"为什么"。在你向别人求教的过程中，会让你对这方面的知识掌握得更加牢固，更加准确。所以不要以为向别人求教是羞耻的事情，大胆地提问吧，你会因此而收获很多。

2. 虚心向图书求教。图书是最权威、最博学的老师，在图书馆里什么问题都能找到答案，而且也不会有人嘲笑你，只是可能花费的时间要多一些。

3. 虚心向老师求教。向老师虚心求教，不仅可直接使学习受益，还会增进并加深和老师的交流，使你在处理事情、待人接物等方面的能力得到提高。

4. 虚心向同学求教。有时，向同学求教比向老师求教方便。不要以为向同学求教，同学会看不起你，其实同学们很乐意帮助你。如果同学也不能解答，你们可以一起再去向老师求教。

5. 虚心向家长求教。在生活方面，小朋友的脑子中会有很多"为什么"，比如，遥控器为什么可以控制电器？洗衣机为什么会洗衣服……我们和家长相处的时间最长，你有了问题，可以随时向家长求教。

小博士讲道理

森林里的乌鸦因为死要面子，最后没有学会唱歌。有的小朋友也有羞于向人求教的想法，怕被人嘲笑，其实那又有什么呢？只要你能顶住压力，努力地学习，成果是属于你自己的，那个时候就没有嘲笑之声，只有赞美之音了。所以，你要坚定自己的信心，虚心地向他人求教，这才是正确的学习途径。

32 树林和篝火
——慎重选择朋友

寓言故事

冬天，在树林的旁边残留着一堆篝火，那是过路人留在这里的。此时木柴已经燃尽，火苗即将熄灭。

眼见末日来临，篝火便打起了树林的主意。篝火跟树林搭讪："亲爱的树林，你的命运怎么这样悲惨啊！光秃秃的，浑身连一片树叶也没有，把你冻成这样，真使我心寒。"

树林回答："那是因为冬天我被积雪和寒冰整个盖住，哪里谈得上什么密叶浓阴啊！"

篝火接着把话说完："这有什么难的！只要你同我交朋友，我就会帮助你。我是太阳的兄弟，在冬天能创造出比太阳更多的奇迹。你不妨到温室里去打听打听，那里对我一片感谢之声。在大雪纷飞、寒风呼啸的冬天，那里却是春暖花开、一片碧绿，而这一切，都是我的功劳。自吹自擂不好，我也不爱吹嘘，但我的本事确非太阳能比。你看，矜持的太阳整天放光，一天过去了，冰雪依然无恙。只要冰雪稍稍靠近我的身边，就会顷刻间融化消亡。如果你想在隆冬时节变得像夏天那样苍翠，那么只需要你在林间给我一席之地就可以。"

树林不假思索地同意了，于是火苗蹿进了树林里，火苗变成了火舌，势头越来越猛。熊熊烈焰席卷树林，滚滚黑烟直冲天际。一切都烧光了，往昔过路人在炎炎夏日借以乘凉的浓阴，现在只剩下一些烧焦的树桩留在那里。

好故事伴成长开发学生想象力的50个寓言故事

小博士讲道理

树林经受不住篝火的要求,和篝火做了朋友,结果却让自己的朋友毁了自己。树林给我们的教训是要求我们在选择朋友时务必慎重行事,不少人是将自己的私利隐藏在友谊的面具之下的,和这样的人交朋友,最终只会坑害你自己。

1. 结交品行好的朋友。"近朱者赤,近墨者黑"。就是说,你长时间和什么样的人交往,你就会在不知不觉中感染他的习惯或者爱好。这种无形的力量是巨大的,所以一定要选择和品行好的人交往。

2. 如果你的朋友经常给你出坏主意,或者让你一起做坏事,你要劝阻他,如果他仍然坚持,你就不要再和他交往。

3. 课外书要仔细挑选,选择内容积极向上的好书。书籍是人类永远的、最忠诚的朋友,而且它不会拒绝你,只要你真诚地和它交往,它就会带给你充实、快乐、幸福和财富的人生。

33 自作聪明的云雀
——遵循事物的规律

 好故事伴成长开发学生想象力的50个寓言故事

寓言故事

　　春天是云雀的恋爱季节。到了春天，当农夫的麦田里长出的嫩叶掩盖田地时，云雀就开始筑巢。雏鸟在长高的小麦掩护下，一天天长大。等到农夫要收割时，雏鸟已经能够自由地在天空飞翔了。

　　云雀就这样一代代繁衍着。后来，有一只非常聪明的云雀，它起初和其他云雀一样，在小麦的嫩叶遮蔽田地时筑巢，然后在收割之前把小孩养大。可是后来，它有了新的想法：把筑巢的时间再往后延一小段，会不会更好？因为那时嫩叶还不能遮住巢，农夫来察看小麦，看到鸟巢就一脚踢开，云雀还得重筑，更何况晚一些筑巢并不会影响孩子的成长。

　　于是这只聪明的云雀在下一个春天到来时，比以前晚了一点时间筑巢，也因此比以前晚产卵，也较晚孵出雏鸟。

　　收割季节来临了。

　　其他云雀的孩子都可以在空中飞翔了，聪明云雀的小孩却还没有长大，还不会飞。

　　聪明的云雀心想：只要知道日期，在前一天把全家迁到森林里去就行了。于是聪明的云雀开始留神，仔细聆听农夫们交谈的内容，在农夫们商量"明天要收割"的早晨，聪明的云雀带着孩子逃进森林。

　　结果很成功。因为，孩子们不仅平安长大，而且每个都长得身强体壮，能够灵活飞舞。

　　第二年，聪明的云雀用同样的方式养育小孩，孩子们也同样健壮长大。看到聪明云雀的成功，其他云雀也模仿起了聪明的云雀。可是，悲惨的事情发生了。有些云雀成功的养育出下一代，而有些却忘了注意农夫的谈话，导致雏鸟被抓，或意外丧生。

　　更悲惨的是聪明云雀的子孙们，由于他们是这样长大的，大多缺乏警戒心，导致很多雏鸟都夭折了。

小博士讲道理

"聪明"的云雀虽然在第一年取得了成功,但这种做法并不完全符合自然规律,不但不是一种进步,反而导致了族群的缩减。世间万物都有自己的生长规律,我们要做的就是遵守这些规律,如果急于求成,或试图人为改变,那么结果只会弄巧成拙,功亏一篑。

1. 学习上不要耍小聪明,走捷径。学习的成功之路是努力加勤奋,永远都没有捷径。不要以为平时不学习,临考试前熬夜复习,打点小抄,就能考出好成绩。即使运气好,考出一次好成绩,那也证明不了什么,只要存在这种侥幸心理,不仅你的学习成绩会越来越差,以后的人生道路也会越走越窄。

2. 锻炼身体要循序渐进。冰冻三尺,非一日之寒,强壮的身体也不是短时间内就能锻炼出来的。比如跑步,贵在坚持,刚开始跑不动没关系,可以先跑三百米,坚持几天之后,再慢慢往上加,一年之后,你肯定可以轻松地跑完两千米了。如果你急于表现自己,开始就强迫自己跑下一千米,那你全身的肌肉肯定会疼上好几天,甚至出现其他病症,反倒得不偿失。

3. 打好基础是关键。万丈高楼,平地起,如果地基不牢固,多么华丽的大厦都会倒塌。学习上更是如此,如果基础功课没有学好,不管学到什么程度,都还要回过头来重头补习。所以,同学们必须认识到这一点,扎扎实实地学好现在的每一门学科。

34 猪的标准
——需要的才是最好的

寓言故事

一次，一头猪钻进一座富丽堂皇的大宅院中，随心所欲地在马厩和厨房周围游逛。后来，猪又来到花园，由于刚下过雨，园中到处都是污泥和水洼，猪高兴地在里面打了几个滚，说道："大宅子也不过如此嘛，也有这种地方！"

可是它还觉得不过瘾，见自己浑身都是脏泥，看到厕所旁边有一条阴沟，于是它跳到臭水里又翻又滚，洗了个澡，接着就回家了。

"嗨，你去哪儿了？"主人问它。

"去大宅院转了一圈。"猪不以为然地说。

"啊！去那里了啊！"主人惊叹起来，一副神往的样子，接着问，"那里是不是特别豪华？我听别人说，那里的房舍高大壮丽，门上都镶嵌着金银珠宝，后面的花园里奇花异草，芳香四溢，那里的东西一件比一件精美……"

"我向你保证你听到的那些都是胡说八道，"这头猪哼哼唧唧地说道，"哪里有什么金银珠宝！后花园我倒是去了，但是也没有你说的那么好，那些花花草草的我没什么印象，不过那里的泥巴和水洼很好，在里面玩耍很不错。你也可以想象到我不会吝惜自己的鼻子，我把那整个后院的泥土都翻遍了，那条洗澡的河流似乎还不错，但是如果能再宽一点就好了……"

好故事伴成长开发学生想象力的50个寓言故事

小博士讲道理

每个人看世界的眼光和方式是不一样的，小猪欣赏的是后花园的泥潭和水洼，而主人则更向注那里装饰的堂皇，这依赖于个人不同的喜好。没有必要仅凭别人的说辞，就判断事物的真相，那只不过是别人的观点而已。

1. 不与同学攀比。攀比物质的好坏是无知的表现，证明的是父母的能力。只要自己的东西够用，自己就应感到幸福，不能再向父母要求更多。因为父母会尽量给你最多最好。如果自己知道了这一点，就会比那些富有的同学更快乐。

2. 只买需要的物品。不管什么时候，买不需要的物品，都是一种浪费。只有需要的物品，才是最好的。

3. 不随声附和，人云亦云。每个人的观点不同，你的好朋友说你的另一位同学很懒惰，你就跟着说懒惰，那么，你知道他平时是怎么懒惰吗？如果不知道，就不要跟着随便乱说。那只是你好朋友的观点而已。

35 鸟类、兽类和蝙蝠
——坚持自己的立场

好故事伴成长开发学生想象力的50个寓言故事

寓言故事

很早很早以前,鸟类和兽类曾发生过一场大战。战争持续了很久,胜负难分。只有蝙蝠始终不表明自己的立场,只是站在一边观望。

又过了好长时间,兽类好像快要取胜了,蝙蝠连忙加入到他们的阵营中,兽类发现蝙蝠有翅膀,认为是鸟类,要将蝙蝠处死。蝙蝠就说:"我不是鸟类,虽然我有翅膀,但是我却没有羽毛,其实我是一只很特殊的老鼠。"兽类看它说得有道理,就让蝙蝠加入了自己的队伍中。

然而,没多久,鸟类却顽强地重整旗鼓,打败了兽类。

就在鸟类的庆功会上,它们发现蝙蝠也混在其中。

蝙蝠又遭遇了和上次同样的命运,于是它就为自己辩解:"我是鸟类,我有飞行的翅膀,哪有兽类长翅膀的?"

等到双方停战后,蝙蝠的这一行为遭到了双方一致的谴责,鸟类和兽类都拒绝接纳它作为自己的成员。

惭愧的蝙蝠自觉无脸见人,从此便躲藏在山洞或角落里,只在昏暗的傍晚、漆黑的深夜才敢露面。

小博士讲道理

蝙蝠两面讨好，见风使舵，谁强大就依靠谁，结果它两面都没有得到好处，只有在傍晚和夜里才敢出来讨食。这个故事教育我们无论做什么事，都要弄清楚自己的立场，两面三刀是不会有好结果的。

1. 看待事情有主见。你在复习功课时，看到外面的同学在跳皮筋，你是不是在想他们都不学习，你也不用学习？他们玩，你也应该出去玩？不，你要知道自己在什么时间该做什么，不能随波逐流。玛格丽特·撒切尔夫人就是因为5岁时懂得这个道理，并一直坚持这样做，才成为世界著名的女政治领袖。

2. 在原则问题上，要坚定自己的信念，毫不动摇。比如放学后先写作业、爱护公物、尊敬父母老师等，都要做到文天祥所说的"威武不能屈，贫贱不能移"。

3. 不能盲目地做决定，也不能人云亦云。如果发生了一件事情，你没有看到，就不能光听别人怎么说，你就跟着说。那样传出来的消息，一般都会歪曲事实。这是不负责的表现。

36 美丽的羽毛
——得意忘形终害己

寓言故事

　　一根非常绚丽耀眼的羽毛，生长在大鹏鸟的翅膀上。在众多羽毛中，这根羽毛非常与众不同，它每时每刻都闪闪发亮，光彩夺目，令其他羽毛羡慕不已。它自己也常常引以为豪，得意忘形地摆出一副不可一世的样子。

　　有一天，亮丽的羽毛得意洋洋地对其他羽毛说："大鹏鸟展翅飞翔时看起来如此壮观伟岸，还不都是因为有我。"其他羽毛听后都随声附和。又过了一段日子，那根漂亮的羽毛更加自以为是地对其他同伴说："我的贡献最大了，没有我的话，大鹏鸟哪里能够一飞冲天呢！"

　　漂亮的羽毛整天沉浸在自傲自负的泥沼里无法自拔，终于有一天，它兴高采烈地对大家宣布："我觉得大鹏鸟已经成为我人生沉重的负担，要不是大鹏鸟硕大的躯体重重地压着我，我一定可以自由自在无拘无束地飞翔，而且会飞得更远更高。"说完，它就使出浑身解数，拼命地脱离大鹏鸟，最后，它终于如愿以偿从大鹏鸟的翅膀上抖落下来。可是，它在空中没飘多久，就无声无息地落在了泥泞的土地上，从此再也无法飘扬远飞了。

好故事伴成长开发学生想象力的50个寓言故事

小博士讲道理

美丽的羽毛因为太傲慢,而忽略了自己必须依附在大鹏鸟身上才能辉煌的道理,最终落入泥潭。这则寓言告诉我们:尽管你可能很优秀,但不要高傲,不要自满,更不要得意忘形,瞧不起其他的朋友,否则,只会让自己孤立起来哦!

什么时候都不能得意忘形,否则最后吃亏的是自己。

1. 当你穿着名贵的衣服时,不要以此为荣而瞧不起其他的朋友,否则,同学就会渐渐远离你。

2. 考出好成绩时,不能骄傲自满,而要继续勤奋,要知道学无止境,考试的成绩只能代表以前的学习成果。

3. 受到老师的表扬时,同学们都会羡慕你,认为你很了不起,而你自己的高兴要适可而止,一直得意下去,同学们就不再是羡慕你,而是看不起你了。

4. 课外活动时,同学们在一起玩,哪位同学的某项游戏玩得好,同学们很容易起哄,这时,千万不要得意忘形,而影响上课情绪或回家的时间啊。

愤怒的狮子
——行事之前先调查

好故事伴成长开发学生想象力的50个寓言故事

寓言故事

一只狮子一整天都在森林里捕猎，累得浑身没劲。于是，它早早地就进洞休息了。可是酷热的天气又使狮子无法安然入睡，翻来覆去睡不着，好不容易等到深夜，天气稍微凉爽了一些。这时狮子困极了，立即进入了梦乡，就是打响雷也不会把它弄醒。

狮子就这样躺在洞中酣睡着，胡须被呼噜吹得一翘一翘的。这时，一只顽皮的老鼠从洞外风风火火地闯了进来，从狮子的鬃毛和耳朵上跑过，甚至扯了扯它一翘一翘的胡须，终于将它从梦中吵醒。狮子好不容易进入了梦乡，却被一个不知道是什么的小东西给吵醒了，它大怒，于是爬起来摇摆着身子，东瞅瞅，西望望，试图找到那个吵醒他的小东西，看看是谁敢对它发动攻击。

这番情景正巧被经过的狐狸看到了，它看到狮子大惊小怪的样子，便嘲笑狮子说："你可是堂堂的森林之王——狮子呀，竟然被一只小老鼠弄得诚惶诚恐，幸亏经过的是我，如果被其他的动物看见了，不仅会有损你的威严，而且我们这些臣民也要跟着受到嘲笑。"狮子听了狐狸的话更加生气，它怒吼起来："我并不是怕老鼠，而是感到很奇怪，想知道是什么东西竟敢如此放肆，在我的身上跑来跑去不说，还敢扯我的胡须，弄疼我了。"

小博士讲道理

这则寓言告诉我们：在事情没有弄清楚前因后果时，不要轻易下结论或者发表你的看法，那是不谨慎的，也是不负责任的。对事如此，对人也是如此，不要轻易地去评价一个朋友或同学是好是坏，学会用事实说话。

1. 没有调查就没有发言权。很多孩子喜欢人云亦云，结果传遍全校的消息却是假的。这就是没有调查的结果。不经过调查就下结论，等于说谎话。以后听到别人说话时，多想想这句话，你就不会轻易地发言、说错话了。

2. 不要以点带面，轻易评价一个人的好坏。小孩子做事情考虑得少，有时候可能会伤害到其他人。这并不说明他就是一个坏人。所以，你在评价某位同学的时候，不要仅仅用好或坏来概括，而要就事论事，可以发表你对他做这件事的看法。

3. 如果事实摆在面前，你就不能再犹豫。比如你的朋友真的做了坏事，而且伤害到了别人还不思悔改，那么，他肯定品德不好，你要远离他。

挑拨离间的猫
——不受他人挑拨

寓言故事

　　一只老鹰飞到一棵大橡树上筑起了巢。一只猫跑到这棵树的树干上找到一个树洞,在那里生下了小猫。一只母野猪带着小野猪住在这棵树树根的洞里。

　　猫想独占这个地方,便实行它的诡计。它先爬到老鹰巢边说:"你们真不幸啊!不久将要被毁灭,我们也很危险。你不妨看看,那树下的野猪天天挖土,想把这棵树连根拔掉。树一倒下,它就可以轻而易举地把我们的孩子抓去,喂给它的孩子吃。"这些话吓得老鹰心惊胆战,惊慌失措。然后,猫又爬下来,来到野猪洞里说:"你的孩子们非常危险,只要你出去找食,树上的老鹰就会把它们叼去。"猫狠狠地吓唬了野猪一番后,假装自己也很害怕,躲进了它的树洞。到了晚上,它偷偷地跑出去为自己和孩子寻找食物。白天,它仍装出一副恐惧的样子,整天在洞口守望着。

　　于是,老鹰害怕野猪,静静地坐在枝头,不敢乱走;野猪也害怕老鹰,不敢走出洞来。这样,老鹰和野猪以及它们的孩子都饿死了。猫和它的孩子便把老鹰和野猪当做自己的食物吃掉了。

好故事伴成长开发学生想象力的50个寓言故事

小博士讲道理

猫固然可恨,老鹰和野猪却更为愚蠢。生活中,总会有些品性不好的人唯恐天下不乱,挑拨离间。你要做的就是既不要背后说人坏话,也不要轻易受他人挑拨,要相信自己的想法。

1. 相信自己的想法。同一件事情,可能每个人的看法都不完全一样。你要相信你所看到的,别人给你的建议你可以参考,但是绝对不能别人说什么,你就信什么。

2. 不在背后说别人的坏话。在背后说别人的好话是尊敬他人的表现,也会使你的品格更高尚,反之,在背后说别人坏话会使别人对你心存戒心,大大降低你的人格。

3. 有人在你面前说别人的坏话时,你要阻止他。他在你面前说别人的坏话,就有可能在别人面前说你坏话,如果你总是对此津津乐道,小心你成为别人背后谈论的话题。

野兔与山鸠
——不盲目自大

好故事伴成长开发学生想象力的50个寓言故事

寓言故事

在田野上，一只狗发现了一只正在觅食的野兔。狗一直视野兔为最好的猎物，这次也不例外，它奋力地扑了过去。

野兔感觉到了危险，开始惊慌失措地逃命，它的速度极快，一会儿就摆脱了狗的追赶。野兔一边跑一边为自己的速度陶醉："我虽然没有锐利的爪牙，身体也如此娇小，可是只要我跑得速度快，就没有什么好怕的。"这么一想，野兔就更为自己的速度感到得意，一溜烟儿地朝自己家的方向冲去。

其实，聪明的狗并没有放弃自己的猎物。它根据以往的经验得知，野兔使尽全力在原野上绕了一圈之后，都会逃进同一个洞穴里。因此它事先就用敏锐的鼻子探察了野兔逃回的洞穴，然后稍微追赶了一下野兔，就跑到那个洞穴后面躲起来，等待野兔的出现。

果然，野兔在原野上绕了一大圈之后，就直接奔向洞穴。可怜的野兔还没有反应过来，就这样被狗逮了个正着……

一只正在旁边树枝上晒太阳的山鸠，目睹了野兔被狗捕获的全过程，它轻蔑地说："野兔自以为跑得快，就可以无所畏惧了，真是愚蠢，它也太没有自知之明了。跑得再快，也远远比不上我们鸟类飞得快啊！"

山鸠的话刚说完，一只老鹰如箭一般从天而降，用锐利的爪子抓住了它……

小博士讲道理

野兔自认为跑得很快还是被狗逮到了；山鸠嘲笑野兔自以为是，自己却被老鹰捕捉。你看出野兔和山鸠犯的错误了吗？中国有句俗话，叫"人外有人，天外有天"，意思是说，没有人可以说自己是不可超越的，因为不管你是否承认，在这个世界上，总是会有人比你强。所以就像老师说的那样，我们应该用谦虚的态度做人，而不要盲目自大自负。

1. 不拿自己的强项向别人挑战。你的强项可能战胜了很多人，为你赢得了足够的荣耀，但是可能有一天，你会遇到高手，使自己输得很难堪。

2. 解决了一道难题时，不要忽略其他简单的题。如果你解决了一道别的同学都不会的题时，肯定会认为自己能力很强，会得满分。其实由于自己的盲目自大，会对简单的题不细心，而造成失误。

3. 要正确对待自己取得的成绩和荣誉。不要为自己的一点小成绩沾沾自喜，要用一颗平常心来看待，只有这样，才会取得更大的成绩。

40 乌龟训子
——听大人的劝告

寓言故事

在一个贫瘠而偏僻的山沟里住着一群小乌龟。

这群小乌龟不安分守己,非常淘气,总想爬到山沟外边,寻找富饶的池沼去游玩觅食。老乌龟常常警告它们说:"小心,不要到那儿去!池沼旁边有猎人等候着,一旦猎人捉到你们,就会用刀把你们砍成五瓣。"

但是小乌龟们却把妈妈的话当做耳边风。

有一天,它们偷偷相约着爬出山沟,来到明亮而肥美的池沼旁边,高高兴兴地玩耍起来。

猎人早就埋伏在树丛里,用绳钩一只一只地把小乌龟套住了。只有几只藏在石块后边的小乌龟,侥幸逃了回来。

老乌龟一看只剩下几只小乌龟跌跌撞撞地回来,又惊又急地问:"你们上池沼去了吗?是不是碰见猎人啦?"

"猎人倒没有碰见,"小乌龟喘着气回答,"只看见一根根的长绳子追在我们屁股后面。"

"小傻瓜!"老乌龟气恼地说,"就是这根长绳子,早先你们的爷爷也是因为它才丢掉性命的!"

好故事伴成长开发学生想象力的50个寓言故事

小博士讲道理

小乌龟不听妈妈的劝阻，最终有去无回，让人惋惜。我们又何尝不是呢？常常把爸爸妈妈的话当耳边风，总想着"不一定吧"。而事实却是，我们总在自己的任性中摔跟头。要知道，爸爸妈妈的很多建议都是依据他们几十年的生活经验得出的，给你的建议是他们对经验教训总结的结果。

1. 多和爸爸妈妈沟通。生活中，遇到麻烦的事情解决不了，或者决定做一件很重要的事情时，要告诉爸爸妈妈，说出你的想法和打算，听取他们的建议。

2. 当爸爸妈妈劝你时，你要相信爸爸妈妈的建议，不要任性。他们有着几十年的生活经验，会给你最好的建议。如果你一意孤行，最后吃亏的肯定是你。

3. 做错事时，要及时告诉爸爸妈妈，不能隐瞒。当你不听爸爸妈妈的建议而把事情弄糟时，不要怕他们批评你而隐瞒。那样只会让事情越来越糟。要相信爸爸妈妈无论如何都是爱你的，他们会有办法解决所有的问题。

吃不着的葡萄是酸的
——妒忌是做错事的"种子"

 好故事伴成长开发学生想象力的50个寓言故事

寓言故事

　　一只狐狸疲惫地走在一条小路上，饥饿使它的脚步蹒跚，有气无力。

　　它已经好几天没有吃东西了，昔日引以为傲的毛皮已经失去了炫目的光彩，向来动不动就要炫耀的尾巴，也因此使不上劲了，只能像扫帚一样拖在地上。

　　既然肚子这么饿，就应该赶快去猎取食物，如果不行，也要在地面上找找，看有什么东西会掉落下来，可以临时填充一下肚子，可是它对虫子或果子没有一点儿兴趣。

　　这时，一只乌鸦从空中飞过，嘴里还叼着一块肉，它看见了这只因饥饿而落魄的狐狸，忍不住得意地冷笑了一声，不料想，只吃了一半的肉从口中掉了下去，刚好落在狐狸的面前。然而，狐狸只是冷漠地看了一眼，便绕了过去，乌鸦想：这只狐狸真是奇怪。

　　狐狸依然缓慢地走着，那种盲目而无助的神情，像是濒临死亡的人。狐狸不由得仰天长叹一声，就在这一刹那，它看到了几串诱人的葡萄，那些葡萄结实而饱满，看起来就让人垂涎欲滴。狐狸喜出望外，终于有可以吃的东西了。

　　然而，那些葡萄长在一道陡峭屋墙的平台上，狐狸的手无论如何也够不到。它很着急，在周围的空地上找了一些石块垫在脚下，由于垫得太高了，站立不稳，以至于跌了一跤，它还是没能够着葡萄。

　　于是狐狸死了心，只是一直盯着葡萄看，这时，那只乌鸦飞了过来，它很轻易地落在平台上，叼起一粒葡萄吃了起来。懊丧的狐狸无奈地摇了摇头，欲转身离去，但它又忍不住回过头来失望地说："这葡萄还没有熟，肯定是酸的。"

小博士讲道理

多可怜的狐狸啊,"吃不着葡萄就说葡萄酸。"你会这么说吗?有很多孩子,甚至大人都会这样呢。当他们看到别人拥有自己所没有的东西时,那种羡慕马上转为了嫉妒,然后就会用不好听的话语去挖苦别人。如果你鄙视狐狸的这种行为,那么想想你是否也曾经犯过这样的错误呢?

1. 将心比心,你希望幸福,也是别人想得到的,如果别人得到了,我们应该为他高兴。那我们就得到了同他一样的快乐。

2. 敞开心胸,做世界上最快乐的人。一位伟人曾经说过"世界上最大的快乐来自希望别人快乐,世界上最大的痛苦完全来自希望自己快乐。"你能看懂这里的哲理吗?如果希望别人快乐,那你就会每天都很快乐,如果只希望自己快乐,看到别人快乐,你当然每天都会痛苦啦。

3. 不攀比就不会妒忌。当同学的爸爸开着名车来接他放学时,你站在公交站牌一定很羡慕。但是如果这样一直攀比下去,你心中的羡慕就会变成妒忌,不仅会影响到同学间的友谊,还会影响到自己的学习。

4. 当自己成为别人妒忌的对象时,你做事就要低调,或者向同学们解释一下。这样,同学们明白了你不会因为你的优势而高傲,而且还会给他们帮助,就会更加喜欢和你交朋友了。

掩耳盗铃
——谎言总会被揭穿

寓言故事

战国时候,晋国有一个姓范的人,家境比较富裕。

他家的大门上挂着一只非常漂亮的门铃,村里有个无赖见到后,就想把它搞到手。

可是不管是谁只要用手一触门铃,它就会发出"叮叮当当"的声音,所以要偷它是很不容易的事情。

这个想偷门铃的人也懂得这点,他站在门外踱来踱去,一直想不到一个能在偷门铃的时候不让它响的好办法。

忽然,他想出了一个办法:门铃所以会发出响声,是因为耳朵听得见,假如把耳朵掩起来,那么事情不就好办了么?

想到就做,他先把自己的耳朵掩起来,然后就放大胆子去偷那门铃。

可是他刚一动手,门内就有人跑出来大喊捉贼,因为门内的人并没有掩起耳朵,所以他们能听得见铃声。

好故事伴成长开发学生想象力的50个寓言故事

小博士讲道理

想想在生活中你做过自欺欺人的事吗?涂改尴尬的分数,明明玩了一下午却告诉妈妈你去图书馆了……你自以为能骗得过别人,其实这些只是在欺骗你自己。

1. 考试成绩不好时,很多学生为了不受到父母的责骂,就涂改分数。这样自以为是的聪明,不仅欺骗了父母,而且会使你不思进取,最后受害最深的还是你自己。

2. 星期天,你明明玩了一下午却告诉妈妈你去特长班学习了。你可以骗得了妈妈一时,但是妈妈知道真相后,对你的撒谎会多么伤心啊。你不仅没学到知识,还成了说谎话的孩子。

3. 勇敢地说出真相。欺骗别人,总有被发现的一天。所以,不要去做欺骗自己,欺骗别人的事情。

43 两只山羊
——谦让美德人人赞

好故事伴成长开发学生想象力的50个寓言故事

寓言故事

一天，一只黑山羊正赶路回家。它走的是一条陡峭的山路。在一座狭窄的独木桥上，它遇见了一只迎面走来的白山羊。白山羊大声嚷嚷道："喂，小老弟，这地方怎能容下我们俩？你快点儿滚开，让我先过去！"

黑山羊一听这话，也不甘示弱地大声呵斥道："咩咩，你脑子没出毛病吧？我宁可在这里渴死倒下，也绝不会后退半步！"

它们就这样对峙着，各不相让，然后就打起架来，尽管在这狭窄的桥面，大家都觉得很危险，犄角相撞也很疼痛，但是谁也不肯退让半步。

天空中太阳高照，炎热难熬；桥下波浪滔滔。在僵持到精疲力竭的时候，可怜的两只山羊一起坠落下去，沉入了深深的河底。

小博士讲道理

人们为了那"宝贵"的自尊不惜豁出身家性命，为一点儿鸡毛蒜皮的小事大动干戈……在我们的现实生活中，像这样的例子不胜枚举，这样做实在是不值得。要知道，退一步自己少不了什么，反而会避免许多的麻烦。

1. 对别人要宽容。只有宽容的人，才能后退一步，谦让别人。有些同学可能会想：我为什么要谦让他们呢？他们为什么不能谦让我呢？殊不知这是一个人修养和气量的体现。如果别人不遵守规则插队，你不用谦让他。但是如果他有急事，或者有原因急需排在前面，那你谦让他一下，又有什么关系呢？

2. 培养集体观念，懂得我需要的也是别人需要的，不能一人独占。在家里，爸爸妈妈凡事都以孩子为主，要什么有什么，不需要谦让。但是到了学校，同学们生活在一起，你需要的别人同样也需要，同样有使用的权利，所以要为别人着想，不能一人独占。

3. 谦让不是胆小退缩，有些事情可以谦让，有些事情必须竞争第一。比如放学后同学们挤着出校门，你可以等着他们先出去。而考试时，你就应该努力竞争往前冲。

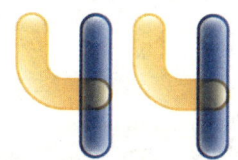

目光短浅的青蛙
——真诚与人交往

寓言故事

夏天来临的时候，蝌蚪的尾巴逐渐消失，变成了青蛙。

青蛙向癞蛤蟆请教上天的办法。癞蛤蟆说："你要想上天，办法只有一个：巴结天上的仙鸟——天鹅或者凤凰，让它们助你一臂之力。"

青蛙牢牢地记住了这句话，只是苦于一直没有机会。

这天，青蛙突然发现一只天鹅落到池塘边，它真是喜出望外，连忙提上早已准备好的小虾小鱼，上前搭话。

"这些礼品，微不足道，还望……"青蛙像臣民见了皇帝一样，不敢正视天鹅的尊容，说话也卑微起来。

天鹅大受感动："难得你有这片孝心，自打我受伤以来，你还是第一个来看我的哩。"

"受伤？"青蛙抬眼看去，这才发现天鹅的一只翅膀耷拉着，膀根鲜血淋漓。看样子，再想飞起来只是妄想了。

"哼！"它马上变了脸色，"看望你？孝敬你？我图什么呀！"

说完，它带上小鱼小虾，三蹦两跳不见了。

青蛙回去后，越想越窝囊，第二天一早，它又来到天鹅面前，打算奚落它几句，以泄心头之气。哪料还未开口，只见天鹅展开翅膀，凌空飞去了。

青蛙后悔莫及，不住地埋怨自己："我真糊涂！我真糊涂！我怎么没想到它还有再飞上青云的这一天哩！"

好故事伴成长开发学生想象力的50个寓言故事

小博士讲道理

目光短浅的青蛙终于尝到了自种的苦果，我们可千万不能像它一样，有求于人的时候就客客气气、鞠躬哈腰，一旦觉得人家没有利用价值了，就马上变脸，气势汹汹。要抱着友好的心态去与人交注，不要总想着从别人身上"图什么"，知心朋友不就是你最宝贵的财富吗？

我们在与他人交往的过程中要注意以下几个方面。

1. 诚心地帮助朋友。当看到朋友遇到困难或烦恼时，要及时真诚地帮助他，让他快乐起来。

2. 不传朋友的"小秘密"。和好朋友相处，也许朋友会告诉你他的小秘密。这是朋友信任你，我们不能把朋友的秘密随意告诉他人，这样会损害朋友的利益。

3. 去别人家里，不乱动别人的东西。到朋友、亲戚家做客是很平常的事情，也是展示我们个人形象的时候。也许别人家里有很多好玩的、令你感兴趣的东西，这是考验你的时候，一定不要这边翻翻，那边动动，给别人留下不好的印象。

4. 不乱拿同学的东西。在学校，你会交到一些非常要好的朋友，要尊重自己的好朋友，不要随便乱动好朋友的东西，也许你的这种不良行为，正是破坏你们关系的隐患。

狮子出征
——分工合作力量大

好故事伴成长开发学生想象力的50个寓言故事

寓言故事

狮子为了他的霸业，准备与敌人打仗。出征前他举行了军事会议，并派出大臣把动物们召集来，要大家根据各自的特长负责不同的工作。

大象驮运军需用品，熊冲锋打头阵，狐狸当出谋策划的军师，猴子则玩弄花招来迷惑敌人。

"把驴子送走，他们反应太慢，派他去有什么用？还有野兔，他们老犯胆小的毛病。"一只动物向狮子建议。

"不，不！这不碍事。"狮子说，"我要用他们，没有他们，我们的队伍就是一支不完整的队伍。驴子的叫声让人闻风丧胆，我们可以让他当号手。野兔就给我们当传递消息的通讯员好了！"

小博士讲道理

狮子是个知人善任的好领导，它看到了每个动物的长处，并且给了他们各自发挥才能的机会。我们人类也一样，我们应该看到，即使是很弱小的人，也有他的长处，只有团结起来，才能形成强大的力量，完成伟大的事业。

1. 有集体主义观念，认识到大家分工合作比每个人单独行动的力量大。比如要求三人剪出三套三种形状的纸。单独行动的话，就是每人各自剪出三种形状；分工合作，就是每人剪三个同一种形状。那么，肯定是分工合作的效率高。

2. 合作时，不在心理上形成依赖。每个人单独完成一项任务时，没有了依靠，自己不努力也不行了。"一个和尚挑水喝，两个和尚抬水喝，三个和尚没水喝"。当集体共同来完成一项任务时，个别成员可能就有了依赖心理，反正我不干还有别人干。这样，最后什么都干不成。

3. 各司其职，做好自己的本职工作。团体的工作是由大家分工完成的，只有每个人做好自己的一份工作，才能出色地完成这个任务。比如参加学校的歌咏比赛，不管是指挥、报幕，还是合唱团中的成员，其中的哪一个人出错，都会影响到集体的分数。而如果每个人都能做好本职工作，就能取得集体的荣誉。

46 蜗牛与青蛙
——发现自己的优点

寓言故事

在池塘边有一只蜗牛和一只青蛙，它们生活在同一个屋檐下，经常见面。但是蜗牛见到青蛙时却总是不理不睬的，有时青蛙与它打声招呼，它也只是轻轻地"嗯"一声，就又默默地走了，这让青蛙觉得很难受。

有一天，青蛙终于忍耐不住了，它决定向蜗牛问个究竟："蜗牛先生，我是不是有什么地方得罪了你，你才这么讨厌我，见面总是不理不睬的。"

看到青蛙态度如此坦诚，蜗牛便说出了自己的苦衷："你们青蛙都有四条腿可以跳来跳去，可我每天却只能背着沉重的躯壳，贴在地上缓缓爬行，心里很不是滋味啊！"

青蛙说："家家都有本难念的经。你只是看见我们的快乐，没有看见我们痛苦的样子。"

"你们也有痛苦？"蜗牛对青蛙的话表示怀疑。

它刚想问清原因，这时，一只巨大的老鹰突然从天而降，蜗牛迅速地躲进了壳里，而可怜的青蛙却被老鹰一口吃掉了。蜗牛望着飞远的老鹰，心中无限惆怅。

好故事伴成长开发学生想象力的50个寓言故事

小博士讲道理

蜗牛羡慕青蛙有强健的四肢，可以自由来去，它却忘了自己身上的壳可以保护自己，而青蛙却没有。我们总在羡慕别人这个好，那个好，其实你大可以反过来想想自己身上的闪光点，发觉自身的优势所在。

1. 灰心失望时，想想自己的优点。当你的短跑成绩不合格时，你不能只沉浸在对短跑第一名的羡慕中，而要想想自己的优点，比如数学成绩很优秀，经常受到老师的夸奖。当你想到这儿时，就会找回自信。

2. 询问自己的父母，让父母帮你寻找你的优势。父母是最了解你的，你的优缺点父母都会认真地帮你分析。如果有时间，就坐在一起，让父母给你建议，帮你发挥长处，改掉缺点。

3. 求教身边最好的朋友。让朋友对你进行一番中肯的评价，说出你的优点和缺点。了解一下别人眼中的你，换个角度去看自己，这样更全面更准确。但也不要过于苛求自己，"人无完人"，不能处于对自己优点的喜悦中，更不能沉陷在对自身缺点的自卑中。

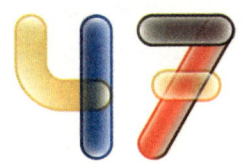

郑人买履
——从实际出发解决问题

好故事伴成长开发学生想象力的50个寓言故事

寓言故事

从前，有个郑国人，想到集市上去买一双鞋子。他本来应该按自己脚的大小买鞋，穿上合适就买，不合适就继续换着试，直到合适为止。但是他却先用一根稻草量了量自己脚的大小，以它作为尺码。但是他临走时，却把尺码丢在家里，忘记带去。

他到了集市，走进一家鞋店，店主把一双双鞋子摆在郑人面前供他挑选。他看见一双鞋子，觉得很中意，于是便准备把尺码拿出来比，可是一摸口袋，发现尺码没有带来，赶忙对店主说："对不起，我忘记了带尺码来，不知道该买多大的鞋子，让我赶回去把尺码拿来再买。"说罢，拔脚就跑。

他的家离集市很远，这样一来一往，宝贵的时间都浪费在路上。等他从家里拿了尺码再到集市上时，鞋店已关门了，结果他白忙活了一天，最终也没有买到鞋子。他埋怨鞋店不为顾客着想，又着急又失望，独自在路边唉声叹气。

有位路人从他旁边经过，知道了这事后，就提醒他："你为自己买鞋子，可以直接穿上试试大小，还要什么尺码呢？"

买鞋的人回答说："我宁肯相信尺码，也不相信自己的脚！"

路人听到他的话，忍不住笑了起来。

小博士讲道理

你有没有觉得这个郑国人太呆板了呢？放着自己的脚不用，非用稻草测的尺码，要知道，这个尺码也是用脚量出来的啊！生活中总有这样一些不讲求实际的人，他们经常做出一些旁人不能理解的事来。当然，看了这则故事之后，相信你会时时警示自己实事求是的，对吗？

1. 寻找问题的根源。当你羡慕别的同学英语成绩很好时，不能只是埋头多做题，要认真听老师讲课，还要找出自己的英语在哪方面有不足，或者请教学习好的同学有什么诀窍。

2. 从实际出发，解决问题。当你和好朋友说话时，他总是不理你。那你是不是以后也不理他呢？不，你应该想想自己哪方面做错了。比如你说好了星期天去找他玩的，但是你连个电话都没给他打。你一定要找个机会向他解释，如果他不听，你可以到他家里向他的爸爸妈妈解释，让他们相信你不是不讲信用的人，只是一时出现了意外情况。这样，你们就还是好朋友了。

3. 制订适合自己的学习计划和时间表。学习计划没有好坏，只要适合自己就行。在做计划时，要针对自己的不足，把时间合理分配，使学习成绩快速提高。

48 邯郸学步
——刻意模仿成笑谈

寓言故事

在战国时期,燕国寿陵地方的人,走路的时候摇摆蹒跚,样子十分难看。

当地有一个年轻人,觉得这里的人走路的姿势实在是太难看了,想学习一些标准的走路姿势。他听说赵国邯郸人走路的姿态相当优美,于是,就跋山涉水前去学习。

来到邯郸,只见繁华的大街上,每个人走路的姿势果然都十分优雅,走起路来,不紧不慢,仪态大方,一抬手一举足,都显示着高贵的风度。

年轻人自惭形秽,连忙跟着路上的行人模仿起来。人家迈左脚,他跟着迈左脚;人家迈右脚,他也跟着迈右脚。可是学了几天,怎么也学不会,而且越走越别扭。年轻人心想:一定是因为自己的恶习太深了,不彻底抛弃自己的老步法,肯定学不好新姿势。

于是,这位小伙子从头学起,每迈出一步都要仔细推敲下一步的动作,一摆手、一扭腰都要认真地计算尺寸。

他学习很刻苦,每天废寝忘食。在来到邯郸三个多月的时间里,他每天都在不停地练习,虽然如此,却始终没能学会邯郸人走路的姿势,反而把自己原来走路的样子也忘了个精光。当他要回燕国的时候,感到手足无措,不知道该先迈哪条腿,只好爬着回去。

好故事伴成长开发学生想象力的50个寓言故事

小博士讲道理

年轻人学步不成,反而丢了自己原来的步子,这真是可笑极了。学习别人的长处固然重要,年轻人的学习和钻研的精神是可嘉的。但是如果一味模仿别人,不仅学不到别人的本领,反而会丢掉了自己原有的东西。假设年轻人知道有针对性地改进自己走路时难看的地方,就不会无功而返了。

1. 不刻意模仿别人。如果你是男生,看到一个女生走路很好看,你就学着走,最后不管你学得像还是不像,都会成为别人的笑柄。要分清哪些是可以模仿的,哪些是只限于欣赏的。

2. 发现别人的长处。每个人都有自己的长处和缺点,在和朋友或同学交往时,要善于发现别人的长处,并赞美他们。

3. 研究别人的长处和自己的不足差别在哪里。比如别人打乒乓球很棒,你就要观察他是用什么技巧发球、接球的,想想你自己是怎么做的。

4. 努力让别人的长处变成自己的长处。有了改变的决心还不够,还要有学习长处的毅力,能够坚持将别人的长处变成自己的。

得饶人处且饶人
—— 宽容他人己受益

好故事伴成长开发学生想象力的50个寓言故事

寓言故事

　　老鹰在空中追逐着一只叫诺望的兔子，兔子飞跑着要逃回自己的窝。当兔子经过金龟子的洞口时，危急关头它把身体缩成一团躲在那小洞里。鹰从空中俯冲而下，金龟子见状赶紧求情说："鸟中的女王，即使我反对，您还是会把这倒霉蛋抓走的。求您看在我的面子上高抬贵手，我代我的邻居、伙伴求您饶了它的小命吧。不然的话，您干脆把我俩一块报销得了。"

　　老鹰可不吃这一套，它二话不说，用翅膀打昏了金龟子，然后从容地抢走了兔子诺望。

　　金龟子哪能忍得下这口气，它趁鹰不在，飞到它的巢窝里，把老鹰的蛋全都推出窝去摔破了，一个也没有剩下。

　　老鹰归巢后，看到这飞来横祸，气得哇哇直叫，却不知该向谁讨还血债。它对空哀鸣，幽怨声随风飘散。这个不幸的母亲就这样熬过了一冬。

　　第二年，老鹰把窝建在了更高的地方，但还是被金龟子找到，瞅准时机打碎了全部的蛋，金龟子又为兔子诺望的死报了一次仇。这一回可把老鹰害惨了，它的哭喊声整整在林中飘荡了六个月都没散去。没法子，老鹰只得向众神之王朱庇特求助，并把自己的蛋放在神王的膝上，心想这样就万无一失了。朱庇特为笼络人心，答应好好保护鹰的这几枚蛋。另外，它还想看看，到底谁如此大胆，敢到自己膝上来取蛋。金龟子这次改变了方法，它拉了一粒屎在朱庇特的衣服上，而神王在掸衣时，一不小心把蛋掉到地上全给打碎了。老鹰得知这一噩耗，痛不欲生。它气急败坏地责骂神王蠢笨、迟钝，连几只鹰蛋都照看不好，还说了一大堆狂妄难听的话。

　　可怜的神王默默无言。这时，金龟子勇敢地站了出来，并把事情的原委诉说了一遍，众神听后都明白了老鹰的过错。尽管大家进行了调解，但是鹰和金龟子的关系还是难以缓和，朱庇特为了妥善处理此事，便把鹰的繁殖期改在了冬季，而这时金龟子正如土拨鼠那样，深藏在洞穴里，不会出门。

小博士讲道理

读了这则寓言后,你会同情可怜的鹰吗?它是曾经犯过错误,而且最终受到了惩罚,失去了自己的孩子。但金龟子依旧不依不饶,不肯放过它。其实谁都难免犯错误,只要意识到了并且能及时改正,又有什么不可原谅的呢?俗话说,得饶人处且饶人,不要总是揪着别人的错误不放,宽容一点,对谁都有好处,不是吗?

1. 遇事不要偏执。不要用老眼光看待别人,也许你身边的同学曾经犯过错误,可是只要他已经改正了错误,那么他就还是你的好同学,不能因为他的一次错误,而从此对他抱有成见,这样一来,不但不利于团结同学,反而会养成偏执的性格。

2. 多替别人着想。我们活在世上不能只顾自己,而忽视别人,那样会让我们变得很自私。我们遇到事情应该多站在对方的立场上替他们考虑,这样即使他们有时冒犯了你,你也能理解他们,也会原谅他们的。

3. 帮助那些犯了错误的同学认识错误、改正错误。俗话说:"人非圣贤,孰能无过?"错误并不可怕,可怕的是有的人不敢正视错误,更没有勇气对所犯的错误予以改正。当我们看到身边的同学存在类似情况时,一定要及时伸出援助之手,帮助他们正视自己的错误,并督促他们改正自己的错误。

50 狮子和野狗
——面对威胁多个心眼

寓言故事

一天,狮子建议九只野狗同他合伙捕捉猎物。

"你们眼睛好使,而我呢,身强力壮,我们得到了食物一块分吧!"狮子说。

九只野狗看了看狮子雄壮的身体,害怕自己的拒绝会招来麻烦,只好同意了。它们打了一整天猎,一共逮了十只羚羊。

狮子说:"我们来公平地分配这些成果吧,你们看要不要找个英明的人帮我们决断呢?"

一只野狗说:"我们一共是十个,刚好有十只羚羊,每个分一只羚羊不正好吗?这就是最公平的方法。"狮子立即给了它一掌,把它打昏在地。

其他野狗被吓坏了,一只野狗鼓足勇气对狮子说:"不!不!我们的弟兄说错了,它的意思是,我们九个得一只羚羊,加起来是十;您一个得九只羚羊,也是十,我们都是十,这样很公平。"

狮子非常满意这种解释,说道:"你是怎么想出这个分配妙法的?"

那只野狗答道:"当您冲向我的兄弟而打昏它时,我就立刻增长了一点儿智慧。"

好故事伴成长开发学生想象力的50个寓言故事

小博士讲道理

狮子是强大的,为了保全自己,最后说话的这只野狗就很聪明了,他不但避免了挨打,而且保全了大家。当我们遇到像上面的问题时,我们是不是能聪明地转危为安呢?凡是在遇到危险时,一定要见机行事,争取保存自己最大的实力。

1. 如果你独自在家,有人敲门时,千万不可盲目开门,应先从门镜观察或隔门问清楚来人的身份,如果是陌生人,不应开门。如果有人以推销员、修理工等身份要求开门,可以说明家中不需要这些服务,请他们离开;如果有人以家长同事、朋友或者远方亲戚的身份要求开门,就告诉他们家长不在家,请他们等家长回家后再来。

2. 当你发现陌生人在骗你时,你不要马上表现出来。那样坏人可能会原形毕露,对你不利。你可以先应付着他们,听从他们的话,然后尽快想办法报警或求救于路人。

3. 随机应变的功夫是书本上学不来的,只能来自平时的积累、实地操练。随机应变的故事有个共同特点就是不可预知性和无法复制性。平时我们要多思考,遇到什么样的事情应该怎么应对,或者看到随机应变的故事时,想一想如果你是主人公你会怎么做。